# La Route des Estuaires

DE LA MÊME AUTRICE

*Chez le même éditeur*

JULIETTE OU LA PARESSEUSE, 1999

L'HEURE ANGLAISE, 2000

COLLOQUE SENTIMENTAL, 2001

HAPPY END, 2005

L'EXCUSE, 2008

GATSBY de Francis Scott Fitzgerald, *traduction*, 2011

ADÈLE ET MOI, 2013

ETHAN FROME d'Edith Wharton, *traduction*, 2014

LE MYSTÈRE DU TAPIS D'ARDABIL, 2015

LES VACANCES, 2017

ET TOUJOURS EN ÉTÉ, 2020

BEAUX ET MAUDITS de Francis Scott Fitzgerald, *traduction*, 2021

*Aux éditions Honoré Champion*

LA SCÈNE EUROPÉENNE, HENRY JAMES ET LE ROMANESQUE EN QUESTION, 2000

*Aux éditions Klincksieck*

LES RÉCITS DE RÊVE DANS LA FICTION, 2006

*Aux éditions Garnier Flammarion*

TENDRE EST LA NUIT de Francis Scott Fitzgerald, *traduction*, 2015

Julie Wolkenstein

# La Route des Estuaires

P.O.L
33, rue Saint-André-des-Arts, Paris 6e

ISBN : 978-2-8180-5736-0
www.pol-editeur.com

*Toi le frère que je n'ai jamais eu*
*Sais-tu si tu avais vécu*
*Ce que nous aurions fait ensemble*

Maxime Le Forestier

## *Flashforward*

*« **Prolepse préparatoire** : prolepse possédant un subséquent narratif, par distinction avec la prolepse "autonome". Une prolepse perçue comme préparatoire au moment où elle survient et se révélant par la suite "autonome" sera dite* pseudo-préparatoire. *»*

Lise Charles

*Je suis des autoroutes qui sillonnent la France*
*En octobre et en août, en automne en vacances*

Alex Beaupain

Ils sont quatre dans la Fiat 500 noire. Le grand frère est au volant (c'est la deuxième fois, depuis qu'il a eu son permis, qu'il va conduire du début à la fin du voyage), son petit frère à la place du mort.

À l'arrière, on a mis les vieux : la mère, et celui dont le statut dans sa vie est si peu conforme aux nomenclatures officielles qu'ils se présentent généralement comme « fiancés », parce que c'est mignon et que, dans leur cas, ça n'engage justement à rien.

L'attribution des sièges s'est décidée très vite, comme tout ce qui a précédé leur départ. Les vieux ont les genoux recroquevillés contre les dossiers des jeunes, et d'autant moins de latitude pour bouger qu'ils sont séparés par une guitare qu'on a réussi à caser, en diagonale, l'extrémité du manche butant contre le toit à la hauteur des appuie-tête arrière, l'arrondi de la caisse à suffisamment bonne distance du levier de vitesse pour ne pas gêner le conducteur (c'est lui qui a considéré que sa guitare faisait partie des objets indispensables à leur retraite).

À 3h25, sur le site d'un quotidien parisien gratuit, *20 Minutes*, le bulletin météo signé Arthur RainBot annonçait ce mardi l'apparition du soleil dans l'après-midi et une température en hausse de quelques degrés. Il ajoutait que les habitants de Paris ressentiraient un petit vent de sud. Les habitants de Paris, qu'ils restent ou qu'ils partent, ressentent tous cet après-midi-là quelque chose qu'ils n'oublieront sans doute jamais, mais peu auront eu l'occasion de remarquer et de mémoriser ce petit vent de sud : il est environ quatre heures de l'après-midi et les rues sont vides, de piétons comme de voitures.

La Fiat 500, pour arriver porte d'Orléans, met autant de temps que la mère pour annuler sur son appli SNCF les sept billets de train réservés à une heure avancée de la nuit dans le Paris-Granville de 16 h 13 : soit moins de cinq minutes. Le fils aîné a préféré s'enfuir du côté de Lyon, et les deux autres jeunes s'enfermer dans l'appartement familial.

Les occupants de la Fiat parlent peu et ont décidé d'un commun accord de ne pas mettre de musique. Ils ont réuni à la hâte toutes sortes de documents administratifs dont ils n'avaient jamais prévu d'avoir tant besoin pour se déplacer. Ils n'avaient d'ailleurs pas prévu de se déplacer, ce mardi.

La voiture s'engage sur l'autoroute de l'Ouest déserte. Ils ont pris l'A13, et pas celle qu'ils surnomment « l'autoroute des riches » parce que le prix de son péage est disproportionné au nombre de kilomètres qu'elle couvre, et qu'elle ne peut donc attirer que des Parisiens fortunés et pressés de rejoindre leur résidence secondaire. Mais aujourd'hui leur choix n'est pas dicté par le sens de l'économie. L'A13 est plus belle, plus directe, et déserte.

La veille au soir, on leur a parlé de chars militaires manœuvrant aux abords de la capitale. Tous les quatre regardent fixement devant eux, en silence, à l'affût d'un éventuel *check-point* (pour l'instant, la forêt de Marly les cerne pacifiquement, comme à son habitude). Ils n'ont pas beaucoup dormi, et leurs yeux fatigués clignent un peu, bien que le soleil vienne pour l'instant de leur gauche et ne les éblouisse pas encore. Difficile de dire ce qui l'emporte, dans le silence qu'ils observent, de leur tension, de leur manque de sommeil, ou du souci de ne pas se postillonner les uns sur les autres. L'installation des vieux fiancés à l'arrière s'explique, elle, par cette dernière raison : il vaut mieux que les plus âgés projettent leurs postillons éventuellement infectieux sur les plus jeunes que l'inverse (les services de réanimation les plus proches de Saint-Pair en sont éloignés d'une centaine de kilomètres).

Des quatre, la mère est la seule à qui ce trajet rappelle autant de souvenirs.

Elle a pris cette autoroute dès que, dans les années 1970, a été achevé le tronçon Rouen-Caen, pour aller de Paris à Saint-Pair-sur-Mer. Pas systématiquement, au début, car son père préférait suivre la ligne horizontale, parallèle à celle du train Paris-Granville, traversant les mêmes paysages, et à peine plus rapidement, qui le menait depuis sa propre enfance jusqu'à cette même plage – les heures interminables, la chaleur des sièges, l'odeur des cigarettes des adultes fumées parfois sans baisser les vitres, les sucettes poisseuses autorisées en nombre illimité, plus tard les livres, une nationale (jusqu'à Verneuil) flanquée de platanes, puis une succession de départementales qui s'enfoncent dans le bocage (« Regardez, les enfants : à gauche, c'est le Haras du

Pin ! »), l'entrée dans Villedieu-les-Poêles, ses rues pavées et ses casseroles en cuivre pendues partout aux devantures des boutiques (aucun enfant habitué à cette route ne demande plus alors « quand est-ce qu'on arrive ? », ils savent que ce n'est qu'une question de minutes).

Entre la fin des années 1970 et celle des années 1980 (lorsque la mère aura enfin son permis), son père, fléchi par une désormais ado – qui avait bien compris le gain de temps que constituait le détour par Caen, et obtenait généralement de lui ce qu'elle voulait, surtout depuis « le divorce » –, finissait toujours pas consentir à prendre l'autoroute qu'il continuait d'appeler « de l'Ouest », comme on l'avait baptisée en 1927, deux ans avant sa naissance, à la création du projet. Il avait déjà plus de trente ans lorsqu'on en avait fait « l'A13 » : trop tard pour changer, même si on n'est pas spécialement nostalgique (en 1963, en même temps que le décret modifiant la dénomination des autoroutes, est entérinée la substitution du nouveau franc à l'ancien, et ça n'a pas empêché sa génération de parler encore en anciens francs, voire de s'en servir pour calculer des montants élevés).

Son père n'avait sans doute pas un tempérament spécialement nostalgique. Mais c'était un marin. Ce qui, en mer, oblige à se détourner de la ligne théorique, tracée d'un port à l'autre (les courants, les vents) n'ayant pas cours sur terre, il voyait peut-être dans cette belle droite horizontale reliant Paris à Granville une croisière idéale. Peut-être. Bien plus tard, lorsque de Caen à Villers-Bocage il y eut une quatre-voies (qui faisait gagner une demi-heure précieuse), il choisissait plutôt de descendre de Caen à Saint-Pair par Caumont-l'Éventé, dont le nom n'est ni plus ni moins poétique que ceux des bourgs desservis par la quatre-voies, et qui devait lui rappeler plutôt moins de souvenirs. Un tout petit peu plus à l'ouest que celle de Villedieu, la route de Caumont-l'Éventé, à ses yeux de navigateur, semblait plus courte. Peut-être.

Chaque tronçon de cette autoroute correspond, pour elle, à une période précise de sa vie. Elle l'a tantôt quittée à Louviers, à l'époque des week-ends chez ses ex-beaux-parents, tantôt un peu plus loin, à Bourgtheroulde, à celle des vacances chez sa mère, et souvent fréquentée de part et d'autre de Caen où elle enseigne depuis plus de vingt ans, qu'elle s'y rende depuis Saint-Pair (plus exactement, par l'autoroute, depuis Villedieu-les-Poêles) ou pendant quelque temps depuis la maison de sa mère dans l'Eure (elle la rejoignait alors à Beuzeville, pour quelques dizaines de kilomètres seulement). Elle s'est arrêtée au moins une fois dans chacune de ses aires de repos, « d'un sens comme de l'autre » comme disent les Normands.

Ce mardi, les occupants de la Fiat prévoient de réduire leurs haltes au minimum. Sans que rien ne le leur garantisse (ayant pris la route après 15 h, ils sont en infraction), ils ont le vague espoir qu'une fois passée la limite entre le Calvados et la Manche, c'est-à-dire lorsqu'ils seront nettement plus près de Saint-Pair que de Paris, munis comme ils le sont de copieux documents administratifs prouvant leur implantation saint-pairaise et leurs liens de parenté (même si le « fiancé » n'a pas grand-chose d'officiel à faire valoir), personne ne leur intimera l'ordre de faire demi-tour. Ils attendent donc l'aire de Bosgouet Nord, après Rouen, pour faire une pause. Ce sera la seule.

L'aire de Bosgouet Nord est une aire, de « service » et non de « repos », très haut de gamme pour cette autoroute. Mais cet après-midi les trois restaurants sont fermés. Il n'y a personne aux pompes à essence. Les vieux fiancés s'extraient de la Fiat les derniers (elle n'a que trois portes), et ont du mal à déplier leurs genoux. Quelqu'un s'occupe du plein. Ils sont les seuls clients dans la boutique. Le fiancé prend un chocolat chaud au distributeur. Dans les toilettes pour femmes, une employée frotte toutes les surfaces avec un chiffon imprégné de gel hydroalcoolique. Difficile de déchiffrer son expression, un peu sonnée, moyennement convaincue de l'utilité de sa tâche.

La mère ne va presque plus jamais en voiture à Saint-Pair, mais elle se rappelle une pause dans cette même aire de Bosgouet Nord il y a trois ou quatre ans, à peu près à la même date, un jour de grève générale des transports où elle devait impérativement emmener pour un colloque à la fac de Caen un invité prestigieux. Elle fumait encore à cette époque, et ils avaient bravement affronté ensemble la tempête pour en griller une ou deux, vaguement protégés par l'auvent du bâtiment, côté parking.

Mais cet après-midi, il y fait aussi beau qu'à peu près n'importe quel jour où il fait beau en Normandie (on pourrait aussi bien être en mai qu'en août).

Au péage de Beuzeville (l'avant-dernier avant Caen), juste derrière les barrières, il y a des gendarmes qui arrêtent les rares voitures. Le conducteur de la Fiat glisse la carte bleue de sa mère dans la borne, la barrière se lève, il récupère la carte, avance de deux mètres mais laisse sa vitre ouverte. Un gendarme se penche pour leur demander leurs attestations de déplacement. Ils en ont imprimé quelques-unes avant de partir, mais pas tous eu le temps de les remplir. Le gendarme est très calme, très rassurant. On se postillonne joyeusement dessus. Personne n'ira en prison. Il suffit d'aller se garer un peu plus loin sur la droite et de remplir les formulaires. On est encore en phase de sensibilisation.

Ils n'auront plus affaire aux force de l'ordre ce jour-là. Une trentaine de minutes plus tard, Caen est derrière eux et ils franchissent enfin la frontière entre le Calvados et la Manche.

Pour la première fois depuis qu'ils sont partis, le portable de la mère sonne. C'est une vieille amie, connue et toujours fréquentée à Saint-Pair, bien que parisienne aussi. Elle y est déjà depuis plusieurs jours, a décidé de rester : et vous ? La mère annonce triomphalement qu'ils sont dans la Manche et demande aussitôt après si le mari de l'amie, qui fume comme elle une cigarette électronique, a des stocks de liquide. Il en a. Soulagement. (En fait, il reste permis de commander du liquide à vapoteuse en ligne, et les magasins qui en vendent vont rouvrir.) La présence de ces amis à Saint-Pair est réconfortante. (Mais ils respecteront à la lettre le confinement et ne se reverront pas avant le mois de juillet).

Puisque le risque de devoir faire demi-tour ou d'être d'une quelconque façon sanctionnés semble écarté, ils ont des préoccupations plus ordinaires. Se demandent, par exemple, ce que le fils aîné, celui qui a préféré aller s'installer près de Lyon, aura laissé dans le frigidaire (il est le dernier à avoir passé un week-end dans la maison, deux semaines plus tôt).

Lorsque la Fiat quitte l'autoroute à Villedieu, vire plein ouest vers Granville et glisse sur les toboggans familiers de la départementale 924, il est environ six heures et demie et le soleil bas éblouit le conducteur qui montre de plus en plus de signes de fatigue. La fin du voyage semble interminable. Pour la première fois, celle du séjour est impossible à prévoir. À Saint-Pair, ils font un léger détour pour voir à quoi ressemble la place de l'église, mais de toute façon, à cette heure-ci, même en temps normal les commerces sont fermés.

Sur son smartphone, la mère conservera une photo prise à 19 h 27 du jeune conducteur épuisé, lui-même en train de téléphoner dans le jardin devant un ciel de carte postale encore zébré de rouges tape-à-l'œil, quelques minutes après le coucher du soleil. Au loin, la mer est basse.

Dans le frigidaire, ils trouvent un reste de beurre et un sachet de parmesan râpé qui feront de leur plat de spaghettis un des meilleurs qu'ils aient jamais mangé (selon la mère, en tout cas, qui adore les pâtes et s'en prive systématiquement), et une bouteille de mousseux dédaignée lors du dernier réveillon par ceux-là mêmes qui l'avaient achetée.

Deux jours plus tard, la mère, qui a publié huit romans dont six mentionnent cette autoroute, confiera dans un mail à une amie : « Je vais peut-être écrire un livre qui s'appellera *La Route des Estuaires*, où se superposeront cinquante ans de souvenirs de ce trajet pour Saint-Pair, à tous les âges, dans toutes sortes de contextes, le dernier étant le plus fou. »

Elle ne savait pas vraiment, ce soir-là, à quelle portion de l'autoroute s'appliquait vraiment ce nom. Elle se souvenait de panneaux, aux abords de la quatre-voies entre Caen et Villers-Bocage qui, dès le début des années 1990, annonçaient l'ouverture de « La route des Estuaires », promettant chaque fois une date plus lointaine. Mais elle ignorait d'où elle vient et où elle va exactement, en amont et en aval.

Le seul projet que la mère regrette vraiment de devoir oublier pour l'instant consistait à se rendre en Bretagne, c'est-à-dire à emprunter un bout de cette même autoroute qu'elle ne connaît quasi pas. La Bretagne est proche de Saint-Pair, mais elle n'y va jamais. La dame à qui elle s'apprêtait à rendre visite vit à Binic, près de Saint-Brieuc, et elles ne se sont pas revues depuis cinquante ans.

L'idée de ce livre lui est donc venue dès le soir de leur arrivée, après quelques verres de mousseux, mais il lui faudra beaucoup de temps pour s'y mettre (le temps de décider que ce premier chapitre serait une « prolepse pseudo-préparatoire »).

Une « prolepse pseudo-préparatoire », pour les non-experts en narratologie, c'est par exemple le pré-générique du premier épisode de la première saison de la série *The Walking Dead*.

Un carrefour désert au milieu d'une forêt verdoyante et ensoleillée. Une voiture arrive, du fond du plan, droit vers nous, à une vitesse moyenne. Lorsqu'elle ralentit, ce n'est pas à cause du carrefour mais, comme nous le découvrons à mesure que la caméra recule, parce qu'il y a un véhicule accidenté sur le bas-côté (on l'aperçoit en amorce, à gauche, les roues en l'air), qui disparaît du champ tandis que la caméra panote pour suivre la voiture, suffisamment proche maintenant pour que nous découvrions aussi que c'est une voiture de shérif, plutôt poussiéreuse. Elle s'arrête presque aussitôt devant un autre véhicule accidenté (un semi-remorque basculé sur le flanc, sur le bas-côté opposé). Toujours à quelque distance, nous voyons le conducteur, qui est seul dedans, couper le moteur, appuyer sur le tableau de bord pour déverrouiller son coffre, et sortir de la voiture sans refermer sa portière. Il a l'air beau gosse, de loin, et porte un uniforme beige. Il ouvre la portière arrière, y récupère son stetson, referme cette fois la portière et visse son chapeau sur son crâne en contournant la voiture. La caméra n'a cessé de reculer lentement, mais on devine qu'il prend quelque chose dans le coffre. Depuis qu'il a coupé son moteur, on n'a plus rien entendu que des chants d'oiseaux, et la portière qui a claqué. Derrière le semi-remorque, un écriteau jaune nous apprend que nous sommes dans une forêt domaniale. Le shérif vient vers nous, tenant un jerrican qu'il fait passer de sa main droite dans sa main gauche, se sert de la droite pour vérifier la présence d'un objet dans sa poche, et on entend quelque chose qui cliquette (ses clefs ? son arme ?). Le cadre s'élargit encore, révèle une pancarte verte accrochée à des feux de signalisation éteints, qui indique « Cascade Palmetto Hwy ».

Une coupe (dans l'axe ? passage de la caméra A à la caméra B ? les experts consultés ne sont pas formels, sinon pour dire qu'il s'agit d'accélérer un peu le rythme) secoue légèrement la séquence. Le shérif vient toujours à notre rencontre mais, pour que son visage finisse par s'inscrire au centre de l'image, la caméra doit encore faire un travelling latéral gauche et nous révèle au passage une, puis deux autres voitures sinistrées – vitres brisées, carrosserie aux accrocs mangés de rouille. Si c'est un carambolage, il ne doit pas dater d'hier. On entend maintenant des mouches bourdonner. L'homme se rapproche encore. La caméra s'immobilise à peine et, oui, en gros plan, c'est un très beau gosse, mal rasé, le regard inquiet, qui s'arrête lui aussi à peine et sort du champ par la gauche.

Cut. Après ce premier long plan-séquence à peine interrompu, la scène est plus découpée.

Le shérif descend un talus assez raide, longe encore une carcasse de voiture renversée. En passant sous un portique surmonté d'un panneau qui indique les tarifs de l'essence et du diesel, il porte brièvement la main droite à son cœur, comme pris d'une crampe. Toujours en travelling arrière, nous le précédons, mais nous tournons toujours le dos à ce qu'il voit, lui. Il y a de plus en plus de voitures, certaines apparemment intactes, mais toutes sont vides. Quelques vêtements sont éparpillés sur l'herbe.

Nous suivons enfin son regard qui s'arrête sur un minuscule tricycle aux couleurs pastel, une poupée de chiffon, un tigre en peluche, une poussette rouillée et un panier à linge.

Il continue de se faufiler entre des voitures qui ont dû, dans un passé impossible à dater, servir de campement provisoire : des gens ont, un jour, collé des bouts de carton à la place des vitres, bricolé un semblant de tente le long d'une fourgonnette, suspendu une lampe à pétrole à un tronc d'arbre, mis du linge à sécher sur une corde. On entend maintenant des croassements.

Depuis l'intérieur d'une voiture, nous voyons le shérif se baisser pour regarder le cadavre de la conductrice, le visage tuméfié et couvert de mouches bourdonnantes, mais ça n'a pas l'air de l'émouvoir. À l'arrière-plan, on distingue un autre cadavre de femme au volant d'une autre voiture.

Un travelling le suit, qui avance toujours. Autour de lui, il y a de plus en plus de voitures, d'abris de fortune et d'objets en plastique abandonnés. On entend quelque chose grincer.

C'est un mince rectangle de ferraille suspendu à la pompe, qui oscille sous le vent léger et claque parfois contre le montant. Dessus, on a tracé à la main, en lettres noires, les mots : « *NO GAS* ». Nous voyons le shérif, de dos, lever la tête pour les lire.

L'air déçu, il fait mine de s'éloigner lorsqu'un bruit l'alerte. Il se retourne, regarde autour de lui, puis vers le bas. Son visage frémit.

La caméra, au ras du sol, nous le montre, de dessous une voiture, poser son stetson et son jerrican et se mettre à quatre pattes par terre pour regarder vers nous. Le bruit se précise (nous sommes donc, nous, du côté opposé de la voiture, tout près de la source de ce bruit). Ce sont des pas raclant le bitume et, très vite, au premier plan, apparaissent des mollets d'enfant qui titubent. Ils sont maculés de sang – peut-être. La mâchoire du shérif se contracte lorsqu'il les voit passer (le point reste fait sur son visage, et les mollets d'enfant, au premier plan, sont donc flous).

De dessous la voiture, l'homme (dont nous épousons maintenant le regard) observe ces mollets, mieux visibles, les petits pieds chaussés de pantoufles beigeasses garnies d'oreilles de lapin. Les mollets se contractent, on devine que l'enfant se penche, et une petite main apparaît, qui attrape un ours en peluche blanc abandonné sur le sol.

L'homme se relève d'un bond et suit du regard les jambes maigres d'une fillette qui s'éloigne, de dos, vêtue d'un vieux peignoir effiloché dont la ceinture pendouille. Elle a de longs cheveux blonds mal peignés.

« *Little girl!* » lui lance l'homme. Et il ajoute : « *I'm a policeman.* »

Elle s'arrête mais ne se retourne pas.

« *Little girl!* reprend-il dans un souffle, *Don't be afraid, O.K.* ? », puis encore : « *Little girl!* »

Là, elle se retourne et nous fait face. Son visage, son pyjama, son peignoir sont tachés de sang. Elle a une estafilade sur le front, la moitié du bas du visage arrachée, et une blessure à l'épaule. Elle fixe le shérif. Ses yeux bleu ciel sont cernés de rose, leur iris cerclé de rouge. Elle s'approche de lui.

Il halète un peu. La petite fille pousse maintenant des grognements bizarres et se rapproche encore. Il recule, porte la main droite à son holster, dégaine et lui tire une balle dans le front.

Elle tombe au ralenti sur le dos.

Gros plan sur le visage de l'homme impassible (dont nous saurons bientôt le nom, Rick, et qui deviendra le héros de la série) et premières mesures, extrêmement flippantes, de la musique du générique.

Ce pré-générique est ce que les narratologues spécialisés dans l'étude des récits filmiques appellent un *flashforward*. Et pas que les narratologues spécialisés, comme en témoigne un débat portant sur cette séquence qu'on peut trouver sur un site de jeux vidéo en ligne, débat qui a opposé une nuit d'août 2012 pendant exactement dix minutes une vingtaine d'intervenants aux pseudos improbables, âgés, si on en croit le nom de leur forum, de quinze à dix-huit ans (pas de condamnation hâtive : en août, ils sont en vacances). Le terme de « *flashforward* » y est employé, mais sans résoudre la question que posait « Aztron » à 2h31 (avec pas mal de fautes d'orthographe ici corrigées) : « Hello, pour ceux qui auraient vu le tout premier épisode de la série, je ne comprends pas quelque chose… Au début, la première scène, Rick cherche de l'essence et l'infection avait déjà commencé. Il abat ensuite une petite fille… Mais j'ai beau être à l'épisode 9 de la saison 2 et j'ai toujours pas compris ce que cette scène foutait là, sachant que le début commence réellement après… On m'explique, *please* ? » Les autres finissent par répondre, avec plus ou moins de détails et de fautes d'orthographe, que c'est un *flashforward*, c'est-à-dire que la séquence se situe après le début du récit qui va succéder au générique, et qu'elle est ensuite « zappée ». Autrement dit, comme cette première scène n'a pas de « subséquent narratif » ( : elle ne revient pas, plus tard, à l'endroit du récit où Aztron s'attendait à la trouver), c'est pour la narratologie une prolepse « autonome ».

Mais elle est perçue, au moment où elle survient, comme préparatoire. Ce n'est qu'au bout d'une cinquantaine de minutes qu'elle se révèle autonome. Certains des geeks qui s'exprimaient cette nuit-là (avant la sortie de la saison 3, annoncée pour octobre) en étaient déjà à la fin de la saison 2 et attendaient toujours ce fameux subséquent narratif. D'autres hasardaient une hypothèse précise sur le moment où cette scène trouverait logiquement à s'insérer dans le tout premier épisode : entre le moment où Rick récupère sa voiture de shérif (d'adjoint au shérif, a-t-on appris entre-temps) et celui où, n'ayant plus d'essence, il l'abandonne pour un cheval, soit entre la quarante-quatrième et la cinquante-quatrième minute de l'épisode, dix minutes durant lesquelles, c'est vrai, nous l'avons à plusieurs reprises perdu de vue pour nous intéresser à d'autres personnages, et où il a pu s'arrêter dans la station-service du pré-générique et tirer sur la petite fille ; le geste légèrement douloureux qu'il fait dans le pré-générique, lorsqu'il porte sa main droite à sa poitrine en descendant du talus, s'expliquerait ainsi par la blessure qu'il a reçue au « début qui commence réellement après », comme dit Aztron.

C'est donc bien une prolepse pseudo-préparatoire, mais d'un type un peu particulier car, à y regarder de plus près, il est presque impossible de la situer là où elle devrait se trouver (soit entre la quarante-quatrième et la cinquante-quatrième minute). L'homme du pré-générique a un tout petit peu plus de barbe que Rick lorsqu'il partira au volant de sa voiture de shérif et, faute d'essence, se rabattra sur un cheval ; ladite voiture est, dans le pré-générique, intacte, alors que son pare-brise sera fêlé lorsque Rick l'abandonnera ; et surtout, ce personnage que nous découvrons dans le *flashforward* a l'air beaucoup plus aguerri que le Rick en panne d'essence de la cinquante-quatrième minute qui n'a tué, et encore, avec beaucoup de scrupules, que trois zombies ; la première fois que nous le voyons, il a l'air accoutumé déjà à « achever » ces morts-vivants (il faut leur transpercer le cerveau), immergé depuis un bail dans cet univers post-apocalyptique où un virus a décimé la population et l'a transformée en une horde de zombies assoiffés de sang, un monde où on peut sans ciller dégommer une fillette portant des pantoufles aux oreilles de lapin (après avoir supposé quelques secondes qu'elle était vraiment vivante : les zombies ne s'intéressent pas aux ours en peluche, même si certains manifestent parfois un attachement confus à leur vie d'avant ; c'est un des problèmes philosophiques que pose la série : le degré de conscience et d'humanité de l'ennemi qu'il faut malgré tout exterminer pour survivre).

La narratologie a aussi une formule pour désigner ce cas rare : c'est un « échec de la prolepse ». Il se produit lorsque le subséquent narratif attendu est absent ou déviant (c'est-à-dire s'il ne s'intègre pas correctement à la suite). Ici, il est les deux : absent et, si on tient mordicus à croire qu'il a seulement été « zappé », déviant.

Je me souviens fort bien des conditions dans lesquelles j'ai vu ce premier épisode : fin septembre 2016, j'étais seule à Saint-Pair et m'apprêtais à découvrir, le lendemain, un coin prestigieux du bocage que mon père mentionnait souvent mais où je n'étais jamais allée, un peu au nord de la route de Caumont-l'Éventé, où j'organisais un colloque.

Ce pré-générique ne m'avait pas surprise outre mesure (je savais déjà qu'il y aurait des zombies). La toute fin de ce premier épisode m'avait davantage secouée (les zombies sont surtout dangereux lorsqu'ils sont nombreux et, on a beau nous en avoir avertis entre-temps, le dernier plan, un travelling arrière, en plongée, qui s'éloigne tout en s'élevant d'un véhicule blindé dans lequel Rick est le seul survivant, est assez anxiogène : les zombies d'Atlanta affluent, et c'est apparemment l'heure du dîner). J'avais éteint ma télé et m'étais dit, à haute voix (j'ai tendance à me parler à haute voix quand je suis seule à Saint-Pair) : « Ah ouais. Quand même. » Mais en écrivant à cette amie, en mars 2020, que j'allais consacrer un livre à la route des Estuaires, je ne pensais pas encore au pré-générique de *The Walking Dead*.

Ce soir, deux ans jour pour jour après notre départ précipité à bord de la Fiat 500, j'ai repris une partie de cette autoroute, entre Caen et Saint-Pair, à peu près à la même heure que ce 17 mars 2020, c'est-à-dire éblouie par le soleil déclinant, mais après avoir pu, pour la première fois depuis deux ans, faire cours à mes étudiants démasquée. L'apocalypse n'a pas eu lieu, même si la pandémie a, comme (mais moins que) dans la série, fait beaucoup de victimes et posé des problèmes politiques.

Je n'ai donc pas pensé tout de suite à ce pré-générique mais il y a eu un autre moment, probablement à Saint-Pair, dans cette période intermédiaire entre l'arrivée de la Fiat vers sept heures du soir le 17 mars 2020 et aujourd'hui, où j'ai fait le lien. Notre exode (assez banal et bénin finalement), si on nous l'avait projeté quelques semaines plus tôt, nous aurait paru aussi peu réaliste que le début de *The Walking Dead*. Le virus, le monde à l'arrêt, l'aire de service de Bosgouet déserte, les objets hâtivement rassemblés dans la voiture parce que jugés nécessaires sur le moment : il me fallait donner à ces motifs communs la même place que dans la série, c'est-à-dire celle du pré-générique, et le même statut, celui de prolepse pseudo-préparatoire. Ce premier chapitre n'aura pas de subséquent narratif, il n'annonce rien, ou presque rien, seulement la visite, projetée et ce soir-là suspendue, à une vieille connaissance bretonne qui vit près de Saint-Brieuc et que je n'avais pas revue depuis cinquante ans.

# Marolles

*J'ai fait des cauchemars sur le thème de l'impermanence des choses.*

Mon fils aîné

*Il y a probablement eu deux ou trois Marolles de trop.*

Le fiancé

Hiver 2021-2022 : la vie a repris un cours presque normal. Les trains circulent, on a le droit d'y embarquer (masqué) pour faire autant de centaines de kilomètres qu'on veut, sans justificatif particulier. Du coup, les incidents de la vie d'avant se produisent de nouveau, comme ceux qu'on appelle « incidents voyageurs », euphémisme pudiquement utilisé par la SNCF pour désigner les suicides qu'on pratique en se jetant sur les voies (et qui, des études en témoignent, sont particulièrement traumatisants pour les conducteurs de train).

Le Paris-Granville s'arrête une trentaine de minutes après la gare Montparnasse. Il est théoriquement interdit d'ôter son masque pour se nourrir à bord, nous n'avons donc pas emporté de provisions et nous sommes, le fiancé et moi, à jeun (et affamés).

Un « incident voyageur », c'est au moins deux heures de retard, comme nous le confirme notre voisin (un contrôleur en vacances). Ce n'est pas notre train qui a servi à tuer, mais son retard est conséquent. La SNCF (qui compte peut-être encore un nombre significatif de syndiqués fumeurs) nous annonce que nous allons nous arrêter un certain temps en gare d'Houdan (arrêt non prévu d'ordinaire sur ce trajet, qui en compte déjà de très nombreux), que nous pourrons y descendre pour prendre l'air, et même si on ne nous précise pas que nous pourrons y fumer, c'est sous-entendu. Le fiancé et moi sortons en vapotant de la gare et partons en quête de magasins d'alimentation.

Nous n'avons pas, ni l'un ni l'autre, mis les pieds à Houdan depuis qu'en juillet 1996, il y a donc plus de vingt-cinq ans, a eu lieu le dernier « Marolles ».

Marolles est un hameau situé une dizaine de kilomètres plus loin dans la direction de Dreux, vers lequel nous tournons presque toujours la tête lorsque nous prenons ce train pour aller à ou revenir de Saint-Pair, et où chaque été, entre 1985 (ou 1986 : le fiancé n'est pas formel) et 1996, une bande d'amis organisait, autour du 14 juillet, une fête qui durait, selon que ce jour férié tombait plus ou moins près d'un week-end, trois, quatre, voire cinq jours. Je n'en ai connu que la dernière moitié (1990-1996) et, au dire du fiancé (qui n'était, alors, le fiancé de personne) : « Il y a sans doute eu deux ou trois Marolles de trop. »

La semaine qui suit cet incident (notre train a fini par arriver à Granville avec à peine trois heures de retard, et à son bord au moins un couple très suffisamment rassasié par sa razzia sur les magasins d'alimentation de Houdan, nettement plus nombreux qu'il y a vingt-cinq ans), le fiancé reçoit un mail d'une jeune femme née juste avant le dernier Marolles.

Son père, qui est mort depuis douze ans, était le meilleur ami du fiancé et c'était chez lui, c'est-à-dire dans une petite maison de village coincée entre la nationale 12 au sud et la voie ferrée qu'emprunte le Paris-Granville au nord, flanquée d'une grange et prolongée d'un jardin clos de murs, que nous nous réunissions chaque 14 juillet.

Hervé (je m'aperçois en l'intégrant à ce récit que je ne vais pas toujours pouvoir faire l'économie des prénoms, et je n'ai pas envie de lui en donner un faux) y cultivait, comme ailleurs, un mélange charmant de passé hippie et de goûts de luxe, parmi lesquels celui des innovations technologiques. Il avait été l'un des tout premiers à posséder un caméscope performant (comme, plus tard, un téléphone qui n'avait alors de portable que le nom : il pesait une tonne) et le mail qu'envoie sa fille au fiancé, en cette fin d'hiver 2021-2022, contient un lien permettant d'avoir accès à tous les home movies de son père, patiemment numérisés et classés par elle. Un sommaire très précis nous permet d'y retrouver des séquences consacrées à quatre Marolles (1989, 1990, 1992 et 1996, le dernier) qui, mises bout à bout, durent un peu plus d'une heure – la plupart des autres montrent une tripotée d'enfants accomplissant des exploits qui n'intéressent que leurs parents, dont nous ne sommes pas, et nous ne les regardons donc pas.

Hervé était l'un des plus vieux de la bande (une trentaine d'années à l'époque du premier Marolles, où la moyenne d'âge des organisateurs et des invités tournait plutôt autour de vingt-cinq). Le moins qu'on puisse dire, en voyant aujourd'hui pour la première fois les images qui restent de ces étés-là, c'est qu'il n'est pas passé à côté d'une grande carrière de cinéaste (il était radiologue) : elles sont la plupart du temps floues, montrent beaucoup le sol et les pieds (remis en bandoulière, l'appareil mal éteint continue d'enregistrer) et lorsqu'elles sont stables et nettes, sa présence dans le cadre confirme qu'il n'en est pas l'auteur.

On le voit moins, dans ces films, qu'on ne l'entend : le plus souvent hors champ, on le devine aux côtés de celui ou de celle à qui il a confié son jouet, encourageant et conseillant d'autres débutants, mais souvent plus doués que lui (couvrant quelquefois les répliques des acteurs, on entend constamment l'initié, quel qu'il soit, demander : « Y a un zoom ? » ou « Ça filme, là ? »). La voix d'Hervé (et ce rôle de souffleur qu'il aimait bien jouer en général, incitant malicieusement des amis plus ivres ou défoncés que lui à dire ou faire une blague originale, préférant en laisser l'audace et les éventuelles représailles à d'autres), sa voix nonchalante, un peu nasale, nous susurre brutalement de nouveau à l'oreille, dans le salon de la maison de Saint-Pair où nous découvrons ces souvenirs de notre jeunesse, et au début c'est elle qui mobilise entièrement notre attention et nos émotions.

Ce que je me demande ensuite en les regardant, c'est en quoi ces scènes datent, reflètent une époque, combien elles diffèrent de celles que vivent par exemple mes enfants et leurs copains lorsque, comme nous à leur âge, ils squattent le temps d'un week-end une maison de famille, à Saint-Pair ou ailleurs.

Seul mon fils aîné, à qui j'envoie à mon tour le lien fourni par la fille d'Hervé, a la curiosité et la patience de regarder ces films en entier (il faut dire qu'il est coincé en Ouzbékistan, aux marges d'un empire qui vient de déclencher une guerre, et qu'il a à la fois des loisirs et des raisons de se montrer encore plus nostalgique que d'habitude) mais il ne répond pas vraiment aux questions que je me posais lorsque, après les avoir visionnés, il m'écrit : « J'ai fait des cauchemars sur le thème de l'impermanence des choses. » Ou, s'il y répond, c'est à côté.

J'ai d'abord tendance, pour ma part, à n'y voir d'impermanent que la vie elle-même. Hervé, et il y a seulement deux ans Sylvie (à elle non plus je ne vais pas donner de faux prénom) sont morts. Sylvie et moi avions fait nos débuts à Marolles le même été 1990, toutes deux pièces rapportées, y suivant chacune un membre de la bande qui deviendrait son mari (et qui n'était pas, dans mon cas, celui que j'appelle aujourd'hui « le fiancé »). On la voit nettement plus que moi, à l'écran : ce sont des scènes d'après-midi (le soir, tout le monde était beaucoup trop occupé à s'enivrer et à danser pour filmer) et, contrairement à moi, Sylvie aimait se joindre aux bêtises des garçons (jouer à la balle au prisonnier par exemple), sujets de ces séquences.

Peut-être y a-t-il là encore de l'impermanence : ce n'est pas ce que voulait dire mon fils, mais le seul aspect rétro, révolu, qui me frappe dans ces images, c'est qu'elles tournent autour des garçons, héros de l'histoire, chacun son personnage, toujours à l'initiative des jeux et monopolisant la parole, et que les filles s'y montrent secondaires, davantage filmées si elles se font éclabousser dans la piscine en plastique, révélant leurs formes sous leur chemisette d'été, ou bronzant, en soutien-gorge, sur l'herbe du jardin clos (sauf Sylvie, d'une pudeur légendaire, qui joue plus volontiers le garçon manqué).

Pour le reste (les vêtements – shorts, débardeurs, cardigans en molleton de coton à boutons-pression nacrés Agnès b., et même le vieux poncho rouge rapporté par Hervé de lointains voyages en Amérique du Sud –, les cigarettes qu'on se passe, les plâtrées de nouilles qu'on fait cuire à n'importe quelle heure, les corps alanguis dans des transats précaires, un vieux numéro d'été de magazine people qui titre « Six vies célèbres : Test comparatif » abandonné à leurs pieds), il me semble que ces scènes pourraient dater de l'été dernier : même la musique, diffusée non-stop par les grosses baffles installées pour l'après-midi dans le jardin, et qui accompagne donc la plupart de ces images, je connais beaucoup de jeunes gens qui continuent de l'écouter.

Impermanence des choses encore (mais toujours pas celle à laquelle pense mon fils) : la maison d'Hervé a brûlé, quelques années après sa mort, des lustres après le dernier Marolles, sans qu'à ma connaissance on sache ce qui a provoqué l'incendie (peut-être criminel, et précédé de tags antisémites sur ses murs). Si on essaie de situer aujourd'hui ce carré de verdure sur Google Maps, on ne trouve qu'un terrain vague, vaguement parsemé de feuillages à demi roussis. Dans la Sarthe (dans le Haut-Maine, très précisément), on appelait autrefois « marolles » un feu allumé dans les champs pour brûler les broussailles et les mauvaises herbes.

J'avais pris, pour aller à mon premier Marolles, l'autoroute de l'Ouest. Pas longtemps, puisqu'au triangle de Rocquencourt on bifurquait vers le sud, mais suffisamment pour que j'aie eu à l'époque un sentiment immédiat de familiarité avec cette communauté pourtant bien différente des gens que je fréquentais jusqu'alors, avec la lumière normande qui baignait ce petit jardin en fin d'après-midi, et avec les colombages du vieux Houdan (où nous négociions des pains de glace chez le poissonnier, nécessaires à la conservation, dans la seule baignoire de la maison, des généreux stocks de champagne prévus pour le week-end). Et je n'avais pas mis longtemps à repérer que la voie ferrée, distante de quelques centaines de mètres, était la même qui m'avait conduite si souvent à Granville. Sortir du périph direction Rouen, puis traverser la forêt de Marly dans la chaleur du mois de juillet m'avait rappelé la routine de mes vacances normandes, même si j'avais quitté l'autoroute bien plus tôt pour retrouver la nationale 12 que mon père lui avait si longtemps préférée (par nostalgie ou par goût des lignes droites), et d'où je n'aurais jamais eu l'idée, enfant, de regarder, vers ma droite, ce modeste bouquet d'arbres qui abriterait un jour mes quelques Marolles.

Qu'y avait-il là d'à ce point mémorable pour que nous conservions tous, à ce seul nom de Marolles, images à l'appui ou pas, un même attachement ? Ce n'était pas le cadre : un jardin laissé plus ou moins à l'état sauvage, meublé de chaises en plastique blanc et éclairé le soir par un incongru réverbère urbain, et d'où on entendait, poussé vers nous par le vent, entre deux morceaux de musique, le bruit des voitures roulant à cent à l'heure sur la N12 toute proche ; une bicoque assez vilaine, pourvue de sanitaires sommaires, et où seuls nos hôtes (et un ou deux couples pistonnés) disposaient d'une chambre à eux – les autres s'entassaient à l'étage, dans des combles aménagés en dortoir qui, ouvert sur le salon du rez-de-chaussée, dissuadait de monter s'y coucher tant qu'il y avait encore de la musique et des danseurs (c'est-à-dire jusqu'à l'aube) ; musique et danseurs y étaient les mêmes que partout ailleurs, ces étés-là, et on s'y nourrissait plutôt mal, au gré aléatoire des bonnes volontés prêtes à se taper le Cora de Dreux un week-end de 14 juillet, donc essentiellement de pâtes et de charcuterie; il y avait peu de péripéties amoureuses, la plupart des participants étant déjà en couple.

L'après-midi, on barbotait dans la piscine gonflable, on jouait à la balle au prisonnier ou au badminton sur l'herbe, au ping-pong sous la grange, on reprenait ou inventait des gimmicks qui, racontés aujourd'hui, ne feraient rire personne d'autre que nous (et encore); allées et venues, apparitions et réapparitions (de ceux qui dormaient à l'hôtel à Houdan, ou avaient dû rentrer à Paris pour la journée) plus intempestives, en cette ère antérieure aux téléphones mobiles; torpeur, amitiés naissantes et inusables ragots, et puis, chaque soir, la même effervescence, intacte : les filles se changent, se remaquillent, les doigts du fiancé fourragent dans ses boîtes de cassettes audio pour trouver celle qui retransformera les damiers noir et blanc du salon en *dance-floor*, des bouteilles de champagne ressurgissent; au noyau dur des fidèles de longue date, par ailleurs amis dans la vraie vie, et au deuxième cercle – les habitués qu'on n'a souvent pas vus depuis l'année dernière (et qui, parfois, n'ayant pas pris soin de se faire confirmer la date, débarquent trop tôt avant ou trop tard après le 14 juillet, et trouvent la maison pas encore ouverte, ou mollement nettoyée par les derniers et plus méritants membres du noyau dur) – à ceux-là se joignent alors des hordes de Parisiens, croisés une fois et/ou invités la veille, qui n'ont pas hésité à faire des dizaines de kilomètres, et ont dû chercher tout seuls Marolles sur une carte (il y a plus de soixante localités de ce nom en France, si on compte les hameaux et les Marolles-en quelque chose, et certains de ces fêtards motivés en essayaient plusieurs, autour de Paris, avant de trouver la bonne).

Rituel feu d'artifice, assez professionnel pour une fête privée et relativement jeune. Insignifiants incidents adultérins montés en épingle. Fin du week-end plus calme, impatience pour presque tous que viennent les vraies vacances, dont Marolles n'a été qu'un avant-goût. Assurance confortable que l'année prochaine, ça recommencera, tout pareil. Impatience et assurance pour presque tous, sauf pour le fiancé qui confie volontiers et très sérieusement, vingt-cinq ans après, qu'à chaque fin de Marolles il avait envie de se suicider.

« Il y a probablement eu deux ou trois Marolles de trop », dit-il encore à l'occasion. Et c'est vrai. Très vite (pour moi qui n'ai connu que les derniers, c'est venu très vite), ça a cessé de recommencer tout pareil. Femmes enceintes, nourrissons abandonnés quelques jours (chronométrés) à des grands-parents complaisants, mais surtout adieux à la jeunesse, durcissement des positions et des inimitiés autrefois sans importance, blagues outrancières moins bien accueillies, pièces rapportées diversement intégrées, débuts d'échecs (conjugaux, professionnels) : la fin de l'insouciance.

Quelques années plus tard, j'ai tenté ce qui était en fait (je ne m'en aperçois qu'aujourd'hui) une saison 2, chargée de retrouver le succès des premiers épisodes : les week-ends « no kids » à Saint-Pair, autour du 14 juillet. Il y avait beaucoup, beaucoup moins de monde (tous les parents, bizarrement, ne rêvent pas de se débarrasser de leur progéniture), moins de danse, mais plus de jeux de société, plus de bains de minuit, et le feu d'artifice était plus légalement tiré par la commune.

Rien d'apparemment inoubliable, à Marolles, et d'ailleurs je serais bien en peine d'en évoquer aucun souvenir marquant. Mais une atmosphère particulière, grandement due à l'accueil généreusement flegmatique d'Hervé, à l'extrême motivation de quelques-uns (dont le fiancé), et à l'âge que nous avions, ou plutôt qu'avaient les doyens, assez vieux pour avoir baroudé en Inde et en Amérique du Sud, d'une *guest house* pourrie à une autre, dormi à vingt-cinq dans la même pièce, et compris qu'un peu (beaucoup) de bonne musique, de bonne herbe et de soleil pouvait suffire à faire naître de l'affinité et même de l'affection pour à peu près n'importe qui.

C'est cette atmosphère que les home movies d'Hervé restituent : nous n'étions pas seulement plus jeunes, à Marolles, nous y étions plus souriants, détendus, optimistes (sourires, détente et optimisme qui ne nous caractérisaient pas tous, ou pas tout le temps, le restant de l'année).

La coupe de cheveux d'untel, l'absence ou la présence de tels autres permettent de dater ces quatre séquences.

Il y a d'abord l'édition 1989, quelques mois avant que je n'entre dans la danse. J'y regarde avec curiosité ces visages qui allaient prendre tant de place dans ma vie, moins sensible à l'impermanence de leur jeunesse qu'à l'imminence de notre rencontre.

Sous un franc soleil, les filles se laissent complaisamment pousser dans la piscinette gonflable constituée de deux boudins en plastique superposés, l'un bleu et l'autre orange (modèle destiné à des enfants que presque personne, parmi les participants, ne songe alors à avoir), séance de ploufs gentiment sexy (le fiancé en fait beaucoup, dans le genre jeune chien fou), dialogues parfois brillants, ou tentant de l'être, subite agitation (faut-il refaire des courses ?), présence étrange à l'arrière-plan d'un garçon aux cheveux longs, en slip kangourou, qui brise de grosses branches à mains nues pour nourrir un feu de camp sans doute destiné à un barbecue d'après-midi (impossible de nous rappeler qui il était, il n'a pas l'air de parler français et les autres l'interpellent d'un nom qui ressemble à un surnom), on épluche des pommes dans la fraîcheur de la cuisine. La bande-son est pointue : l'après-midi, pas de cassettes audio soigneusement constituées de compilations de (plus ou moins) vieux tubes, mais des CD (également apportés par le fiancé) tout récents (on entend par exemple le premier album solo de Martin Gore qui, vérification faite, est sorti un mois plus tôt, et un autre de The Cure qui date de mai).

Et puis, à mesure que, sur l'écran, l'après-midi s'étire, les gestes et les phrases semblent filmés au ralenti. Progressivement, les corps s'affalent sur l'herbe jonchée de gobelets en plastique pleins de mégots, on se contente de jeux plus calmes (comme déchiqueter le tee-shirt d'un participant, ou critiquer la manière dont on pèle les pommes, en cuisine). On entend déjà (en 1989) quelqu'un dire : « On s'amusait plus avant » et, en fond sonore, *My Girl* repris par Otis Redding, comme dans *The Big Chill*, film que j'ai vu pour la première fois à seize ans, dont le sujet (les retrouvailles d'une bande d'amis trentenaires que la vie a éloignés) m'avait bizarrement émue et donné très envie d'appartenir moi aussi à une bande – raison majeure, sans doute, de mon coup de foudre pour celle-là – qui n'a, pas plus que celle de *The Big Chill*, résisté au passage du temps. Ça sent légèrement la gueule de bois, une envie de sieste, ou que la fête redémarre – ce qu'elle fait sans doute assez vite, interrompant le film.

La seconde séquence date de 1990 et on m'y aperçoit très furtivement : je n'ai jamais su jouer à la balle au prisonnier, et c'est une partie de balle au prisonnier (Sylvie y est très brillante) qui occupe l'essentiel du film.

Dans la suivante, vraiment brève, on est en 1992. Je m'y reconnais, indubitablement enceinte de mon premier enfant, mais les hommes aussi ont tous pris un peu de ventre, ce qui ne les empêche pas de continuer à s'exhiber, dans une piscine, toujours en plastique, mais nettement plus haut de gamme que la précédente, une très grande tubulaire hors sol cerclée d'un seul gros boudin bleu marine et blanc cassé, pompeusement assortie d'un plongeoir (dans mon souvenir, il fallait presque deux jours pour arriver à la remplir).

La quatrième est la seule où s'affiche, dans un coin du cadre, une date, 7 juillet 1996 (un week-end même pas prolongé, donc, et particulièrement peu favorisé par la météo), ce qui permet de situer avec certitude l'été du dernier Marolles (les relations, au sein de la bande, se sont sérieusement et durablement tendues dans les mois qui ont suivi cette matinée de dimanche sinistre).

Dans le jardin, ils ne sont plus que quelques-uns à être restés dans le froid, parfois même sous la pluie, recroquevillés sous des sacs de couchage ou des couvertures, buvant de l'Hépar et soupirant : « Ce soir, on va se retrouver avec les mômes... » Sentions-nous déjà, ce 7 juillet, que la fête était finie ?

## Les Aventuriers du Rail

*N'entrez surtout pas dans Caen.*
Mes parents

*Il faut être très vigilant avec ses objectifs.*
Le fiancé

*C'est un moyen très connu des guides, des explorateurs ; quand on se rend compte qu'on s'est trompé de chemin ou qu'on s'est égaré dans la forêt, on ne doit jamais essayer de retrouver la piste en coupant à travers bois ou en faisant confiance à son instinct. La seule solution, c'est de refaire scrupuleusement le chemin parcouru afin de retrouver le point de départ ou le point à partir duquel on s'est trompé.*
Alfred Hitchcock

Dans les années qui ont suivi ce dernier Marolles, et où nous ne la quittions plus chaque mois de juillet au triangle de Rocquencourt pour bifurquer vers le sud, les raisons, familiales et professionnelle, se sont multipliées pour moi de fréquenter l'autoroute de l'Ouest.

D'une part, ma mère s'est installée dans l'Eure, à Glos-sur-Risle, à quelques kilomètres de chez mes beaux-parents d'alors (qui se trouvaient, eux, à Harcourt) et, selon que nous allions en famille passer week-end ou vacances chez ceux-ci ou chez celle-là, nous la quittions à Louviers ou à Bourgtheroulde.

Trajets infernaux que j'ai tendance à voir flous, un flou non plus dû aux maladresses d'un vidéaste amateur mais à l'expérience, commune je crois à tous les parents de famille (très) nombreuse, où se mêlent le harnachement des enfants sur leur rehausseur ou dans leur Maxi-Cosi, leur ravitaillement continu en biberons d'eau ou gaufrettes, leur distraction assurée par des cassettes audio reprenant les grands airs de leurs Disney préférés, et où ce qui domine c'est l'assurance que cet enfer ne va pas durer, d'abord parce qu'on connaît cette autoroute par cœur et qu'on mesure précisément le chemin qui reste à parcourir, ensuite parce que les enfants vont grandir (concevable mais inimaginable à l'époque : ils tiendront un jour le volant, voir le premier chapitre et notre exode en mars 2020).

D'autre part, j'ai été recrutée par l'Université de Caen, où j'enseigne encore, vingt-quatre ans après, et où je finirai sans doute ma « carrière ». Quand j'étais petite et que j'entendais l'un de mes parents téléphoner, depuis Saint-Pair, à des amis qui y venaient pour la première fois et leur expliquer l'itinéraire, ils prononçaient immanquablement cette phrase : « N'entrez surtout pas dans Caen. » J'y ai souvent repensé, depuis vingt-quatre ans.

J'avais en 1998 la conviction que cette affectation, qui n'était pas exactement un enfer, mais une sorte de punition (du moins aux yeux d'un entourage qui avait suivi, contraint et forcé, mes succès scolaires depuis trop longtemps et me regardait – me regarde encore, pour la plupart – d'un air mi-ironique, mi-compatissant) ne durerait pas non plus. Heureusement que cette affectation n'est pas exactement un enfer, car elle a duré.

L'été dernier, le fiancé et moi avons découvert un jeu de société pourtant déjà bien ancien : Les Aventuriers du Rail (en anglais : *Ticket to Ride*).

Pour ceux qui ne le connaîtraient pas encore, il consiste à construire des lignes de chemin de fer permettant de relier toutes sortes de villes – dans notre cas, européennes, c'est du moins ce que laisse supposer le titre de notre version (« Europe »), même si la grande carte qui sert de plateau en donne une définition extensive et comprend tout l'ouest de la Russie et le nord de la Turquie – permettant aux pionniers des années 1900 que nous incarnons de voyager de Cádiz à Petrograd ou d'Edinburgh à Constantinople. Les noms indiqués se veulent d'époque et tentent de respecter plus ou moins l'appellation locale de ces villes (même si l'auteur du jeu, un Britannique installé aux États-Unis, commet parfois des approximations étranges : Zagrab pour Zagreb, par exemple) et, lorsque la langue locale utilise un autre alphabet, d'en transcrire la graphie originale en caractères latins (mais, comme le jeu est anglo-saxon, Sébastopol s'appelle ici Sevastopol). Fantaisies qui renforcent encore l'exotisme de l'expérience. L'actualité, elle, rend certains de nos trajets, comme Kyïv-Smolensk ou Kharkov-Rostov, tragiquement invraisemblables.

Avant de commencer une partie, chaque joueur reçoit quatre cartes « Destination », une bleue correspondant à une « route longue », et trois beiges à des « routes régulières » (traduction ici encore approximative de l'anglais) que le fiancé a de toute façon rebaptisées « grand objectif » (pour la route longue) et « petits objectifs » pour les plus courtes.

Sans entrer plus avant dans les détails du règlement, en fonction des cartes qui vous ont été distribuées, il vous faudra remplir votre « grand objectif » (une vingtaine de points si vous y arrivez) et un, deux ou trois de vos « petits objectifs » (une dizaine de points seulement chacun). La chance joue un rôle non négligeable, dans ce jeu : si la carte « grand objectif » que vous avez tirée est London-Athína et si vos « petits objectifs » sont Paris-Venezia, Bruxelles-München et Frankfurt-Sarajevo, vous allez devoir faire quelques kilomètres superflus, mais vous arriverez peut-être à créer une ligne de chemin de fer continue qui passera par tous ces points.

La route des Estuaires relie en fait la Belgique à l'Espagne, ce qui lui donne tout à coup (lorsque je découvre que ce nom ne fait pas exclusivement référence au tronçon Caen-Villedieu-les-Poêles ouvert en 2003, après plusieurs années où des panneaux nous la promettaient pour une date sans cesse reculée) un côté Aventuriers du Rail (petit objectif, néanmoins).

Le « grand objectif » de ma vie et de ce livre est encore plus modeste : c'est Paris-Saint-Pair (il n'y a ni Granville ni Caen, sur le plateau de la version « Europe », pas plus que dans la version « France », beaucoup plus récente : je viens de vérifier). J'ai tiré, dans les années 1990, quatre « petits objectifs » qui dessinaient tous de petites boucles autour de mon trajet principal, sans perturber mon jeu. Ces détours, qu'ils aient été temporaires (Paris-Marolles, Paris-Harcourt, Paris-Glos-sur-Risle : Hervé est mort et les maisons de mes ex-beaux-parents et de ma mère ont été vendues il y a longtemps) ou définitif

(Paris-Caen), ne m'ont jamais beaucoup éloignée de ma destination. Je suis incollable sur des nœuds ferroviaires qui ne figureront jamais dans aucun jeu de société, tels Coutances, Argentan ou Folligny.

« Il faut être très vigilant avec ses objectifs. » Le fiancé a insisté là-dessus en nous initiant aux Aventuriers du Rail (il explique magnifiquement les règles du jeu, quel que soit le jeu – mais reste discret sur les stratégies les plus payantes car il aime bien gagner). En gros, on a intérêt à ne pas perdre de vue les tronçons qu'on va devoir construire, et à anticiper les obstacles qu'on risque de rencontrer (un aventurier concurrent, par exemple). Mais cette injonction est valable pour presque toutes les situations, dans la vraie vie. En plus de notre « grand objectif » (le même pour tous : naître, avancer en âge, mourir), nous écopons de « petits objectifs » qui s'accordent plus ou moins bien avec le grand. Les miens se sont heureusement combinés.

Quand j'écris aussi, je reste vigilante avec mes objectifs, grand et petits. La route que j'ai crue longtemps à tort s'appeler « des Estuaires », et que je voyais relier Paris à Villedieu-les-Poêles, via Caen, est la ligne, lente et courbe, qui m'amène à Saint-Pair, et elle compte pour accessoires, accidentels, les « petits objectifs » que ma vie y a associés. J'avais prévu d'écrire aussi sur ces petites boucles (je l'ai fait pour Marolles, parce que j'en ai opportunément retrouvé des images, et parce que ces souvenirs concernent tant de monde qu'ils n'impliquent personne en particulier, ou seulement des morts). Je ne le ferai pas pour les trois autres.

Le seul souvenir qui trouve ici sa place est un après-midi pluvieux, où la nuit semble être déjà tombée, de novembre 2009. Je suis en train de divorcer, après vingt ans de mariage, et je suis venue à Caen donner un cours qui, au dernier moment, est annulé. Il me reste pas mal de temps avant d'aller à la gare et, je ne sais pas pourquoi, je décide d'aller fumer dehors (je fume alors en cachette), à quelques mètres de la fac (à l'intérieur de laquelle il est déjà, en 2009, interdit de le faire, de toute façon), quitte à prendre la pluie, dans ce qui m'apparaît de loin comme un petit bois.

Je découvre qu'il s'agit en fait d'un cimetière enclavé dans le campus, quelques mètres carrés coincés entre un parking et la rue du Magasin-à-Poudre devant lesquels j'ai dû repasser cent cinquante fois depuis cet après-midi de novembre, sur lequel donnent différentes salles où j'ai fait cours, mais où je n'ai jamais remis les pieds. C'est un cimetière « dormant », ce qui signifie que seuls les propriétaires d'une concession peuvent encore s'y faire enterrer. Il ne doit pas servir souvent.

Dans le crépuscule, je tire sur ma cigarette, à peine étonnée qu'à quelques pas de mon bureau il y ait ces tombes, tant elles correspondent à mon état d'esprit actuel. Parmi elles (il y en a peu), je repère celle de Beau Brummell, dont je ne sais à peu près rien sinon qu'il était un dandy anglais du XIXe siècle, et même la présence à mes pieds de la tombe d'un people me paraît normale. Cette découverte reste à ce jour la seule expérience touristique que j'aie faite dans une ville où, faute d'avoir suivi les mises en garde parentales, j'entre très souvent, mais d'où je ressors en général aussi vite que possible pour rallier l'un des deux points que relie mon grand objectif (selon les semaines, Paris ou Saint-Pair).

Si j'évoque cette promenade involontaire dans un cimetière (moi qui réussis presque toujours à éviter de fréquenter ces lieux : je n'assiste pas aux inhumations de mes morts, c'est maintenant une affaire entendue et j'espère, je crois que personne ne m'en tient rigueur), c'est que, renonçant à parler de certains tronçons de ma vie et de cette autoroute, c'est-à-dire à plonger dans des souvenirs à demi effacés, et pour certains déjà intégrés à des romans où je pouvais les déguiser, je suis obligée, comme le préconise Hitchcock dans ses entretiens avec Truffaut, de revenir à mon point de départ, c'est-à-dire à une autre tombe.

# Le Prince Éric

*Elle avait perdu son enfant; c'était douloureux, mais c'était une douleur dont elle ne parlait presque jamais; il y avait plus de choses à en dire qu'elle n'en pouvait dire à Ralph. D'ailleurs, c'était de l'histoire ancienne; c'était arrivé six mois plus tôt et elle avait déjà cessé de porter le deuil.*

Henry James

*Eh bien, trois mois avant ma naissance, ma mère a perdu ses deux autres enfants et je pense que c'est là que tout a démarré, même si je ne sais pas comment ça a fonctionné exactement. Je pense que c'est à ce moment-là que j'ai commencé à être un écrivain.*

Francis Scott Fitzgerald

*Sur la cheminée de mon enfance il y eut très longtemps, dans un cadre ovale, le portrait de cette enfant disparue. Autour de la petite tête dévorée par des orbites démesurées, courait une guirlande de roses. On disait : « la pauvre petite Monique ». Nous l'aimions comme une poupée jamais possédée, nous respections cette existence étrange comme quelque chose d'important et d'inexpliqué.*

Mon père

J'avais dix-huit mois lorsque mon petit frère est né, le 5 décembre 1969, et presque vingt mois lorsqu'il est mort, le 25 janvier 1970. Je n'en ai aucun souvenir. J'étais un bébé et, à l'époque, ce qu'on appelait un bébé était supposé incapable non seulement de conserver en mémoire les événements de sa vie, mais tout simplement d'être affecté par eux.

Je suis censée ne m'être aperçue de rien : ni que ma mère était enceinte, ni qu'un autre bébé était installé dans la chambre verte, à quelques mètres de ma chambre bleue, ni que, très vite, une nuit de janvier, ce petit frère disparaissait, ni que mon entourage immédiat (parents, grands-parents, et la nurse bretonne qui me gardait depuis que j'avais quelques semaines) faisait face à la mort accidentelle d'un nouveau-né, avec toutes les complications médico-légales qu'elle impliquait. Aucun témoin ne se souvient que j'aie posé la moindre question, que j'aie paru d'une manière ou d'une autre me soucier de quelque chose qui, à les entendre, ne m'était pas arrivé à moi. Il n'y a jamais eu de photographie de ce petit frère exposée nulle part dans l'appartement. Personne n'en parlait jamais.

Les seuls témoins, jusqu'en 2020, je les avais peu interrogés.

Je n'ai mentionné cette mort que deux fois devant mon père. La première en 1992, parce que j'attendais mon premier enfant, un garçon, et que quelques jours d'août passés en tête à tête avec lui à Saint-Pair m'avaient encouragée à lui poser des questions, entre deux parties de Scrabble. J'ai vu son beau visage se défaire puis se durcir. Il a balbutié quelques réponses : le traumatisme crânien était si grave que, d'après le médecin qui les avait accueillis aux urgences (je suppose : de l'hôpital Necker), leur enfant probablement déjà mort dans les bras, il valait mieux qu'il n'ait pas survécu. « Les cris de ta mère… les cris de ta mère… » a-t-il ajouté. Je n'ai pas insisté.

La seconde en 2004 (je crois), lorsque son fils aîné, mon grand demi-frère, a vu mourir son premier-né, d'une malformation cardiaque, à l'âge de trois jours. Mon père était passé à l'improviste en sortant de l'hôpital Saint-Vincent-de-Paul pour m'annoncer la nouvelle et il avait, lorsque je lui ai ouvert la porte, le même visage défait qu'en 1992. Je me suis autorisée à bafouiller quelque chose comme « ça doit être particulièrement dur, pour toi » et il m'a semblé qu'il m'était reconnaissant d'avoir dit tout haut ce que personne à Saint-Vincent-de-Paul n'avait formulé (n'avait sans doute pensé à lui dire). J'ai branché ma bouilloire, je nous ai préparé du thé et nous n'avons plus remué ce passé jusqu'à sa mort en 2006.

Sa dernière compagne, qui a vécu avec lui pendant presque quinze ans, m'a confié qu'elle « savait », avant de faire sa connaissance, mais qu'il avait attendu pour lui en parler (au bout de dix ans de vie commune) un étrange concours de circonstances. Elle était en train d'écrire sur un fait divers : la mort, à la suite d'un traumatisme crânien, d'un petit garçon de cinquante-sept jours (mon petit frère en a vécu cinquante-deux) ; l'autopsie de ce petit garçon de fait divers avait révélé de multiples traumatismes antérieurs (fractures de la clavicule et du radius) ; la mère devait donner, dans ce livre écrit à quatre mains, sa version des faits. Mon père, lorsque sa compagne a achevé le livre, l'a prévenue qu'il ne se sentait pas capable de le lire et il a évoqué brièvement les souvenirs qui l'en empêchaient.

Je me souviens très bien du jour où ma mère m'a raconté l'histoire pour la première fois. Je devais avoir cinq ou six ans, je revois parfaitement où, dans la chambre de mes parents, je me trouvais, et je comprends que, sans rien me cacher des circonstances, elle a voulu minimiser et me conforter dans l'optimisme naturel des enfants pour qui la mort, en général, est réservée aux personnes âgées (leurs grands-parents par exemple). Elle a simplement dû remplacer l'habituel « il était très vieux, tu sais », par « il était tout petit, tu sais », ce qui, je crois, a bizarrement fonctionné : un bébé de deux mois, ce n'est pas vraiment une personne, me suis-je probablement dit ce jour-là.

Ce premier récit, dans mon souvenir, contenait à peu près les seules informations dont j'ai disposé ensuite pendant cinquante ans : ma nurse bretonne était en congé, rentrée chez elle en Bretagne ; elle avait trouvé, pour la remplacer, une de ses cousines, plus jeune (seize ans environ) ; le samedi soir (le 24 janvier 1970), mes parents avaient reçu des amis à dîner ; ils avaient mangé du navarin d'agneau et ma mère n'a plus jamais pu en manger depuis (elle m'a donné ce dernier détail plus tard) ; dans la soirée, mes parents étaient montés à l'étage des enfants avec leurs invités pour leur faire admirer leur petit garçon, qui dormait paisiblement dans son berceau (il était vivant) ; à l'aube, la baby-sitter de remplacement avait fait irruption dans leur chambre en criant que ce n'était pas sa faute ; les pompiers étaient venus ; mes parents avaient emmené le corps à Necker ; à leur retour, la baby-sitter avait disparu. Le bébé présentait un traumatisme crânien. Il y avait eu une enquête. La police, en Bretagne où elle était retournée, avait convoqué la jeune fille, mineure, avec ses parents. Elle avait affirmé qu'à aucun moment cette nuit-là elle n'avait laissé tomber mon petit frère, ni heurté sa tête contre un meuble. J'apprendrai beaucoup plus tard que d'autres membres de l'entourage du bébé ont été interrogés par la police. Le récit de ma mère laissait entendre que tout le monde (policiers compris) était persuadé de la culpabilité de la fille mais que sa grande jeunesse et la certitude qu'elle ne l'avait pas fait exprès (« ce n'est pas ma faute ») avaient mis fin à l'enquête. L'affaire avait été classée. C'est de la dernière compagne de mon père (sans doute parce que l'aspect judiciaire de l'affaire l'intéressait, elle qui venait de traiter d'un cas où la mort de l'enfant résultait manifestement de violences répétées, et parce qu'elle l'avait plus précisément interrogé sur les suites judiciaires de la mort de son fils) que je tiens un autre détail : mon père aurait contacté un magistrat qu'il connaissait personnellement pour lui demander conseil – ou d'intervenir, je ne sais pas très bien – pour lui dire en tout cas que ma mère et lui préféraient que la justice cesse de poursuivre la baby-sitter, que ce cauchemar-là, au moins, cesse.

En plus des faits, je me souviens que, cette première fois, ma mère s'était attardée sur le choix funeste du prénom de son fils. Prénom que, comme pour d'autres personnages morts, Hervé et Sylvie, je vais donc donner. Il s'appelait Éric.

Mon père, adolescent, avait pour voisin Pierre Joubert, l'illustrateur des romans de la collection « Signe de piste » (littérature jeunesse mettant en scène des scouts), et notamment de la saga du « Prince Éric ». Ils se connaissaient. En 1957, mon père publierait sous un pseudonyme, dans la collection « Signe de piste », son premier roman, illustré par Joubert, et intitulé (je l'avais oublié avant d'écrire ce chapitre et d'en choisir les épigraphes) *Portés disparus*. Collection dirigée par l'auteur de la saga qui utilisait lui-même un pseudonyme, et exerçait sous son vrai nom comme substitut du procureur dans l'Oise. C'est vers lui que mon père se serait tourné en 1970, pour que la baby-sitter présumée coupable de la mort de son fils, Éric, ne soit plus inquiétée.

La légende familiale voulait que le Prince Éric dessiné par Joubert ressemble trait pour trait au grand et beau garçon, aux cheveux blonds et bouclés, aux yeux bleus, au nez droit et au menton volontaire, très aryen, et par ailleurs scout, qu'était mon père à l'époque où paraissait cette saga à succès. Que mon père ait posé pour l'illustrateur.

En fait, le premier tome de cette série de best-sellers a été publié en 1937. Mon père n'avait donc que sept ou huit ans lorsque Joubert a commencé à dessiner le Prince, âgé alors de treize ou quatorze ans. Soit Joubert avait repéré mon père très, très jeune (trop pour le rôle) et l'avait vieilli en le dessinant. Soit il ne s'est inspiré de lui que pour le dernier volume, paru en 1947 mais situé en 1940 (le Prince Éric et mon père avaient cette fois le même âge : dix-huit ans). Soit le type scout beau gosse était assez répandu à l'époque (en tout cas à Meudon, où vivait Joubert), et la ressemblance renforcée par une coupe de cheveux et un col de chemise échancré, eux aussi assez répandus chez les ados bourgeois de Meudon.

Je dis « échancré » parce que c'était la mode, mais les dessins de Joubert sont dans l'ensemble assez discrètement suggestifs pour que des parents catholiques de jeunes scouts n'y trouvent rien à redire, et assez outrancièrement érotiques pour susciter le fou rire, lorsque j'avais moi-même douze ans, de mes père, frère et cousin, tous adultes, feuilletant le dernier roman illustré par Joubert, que nous venions de croiser dans un restaurant et qui nous l'avait gentiment offert. C'est un souvenir très humiliant pour moi : ils avaient beau me laisser les regarder avec eux, je n'arrivais absolument pas à comprendre ce que ces images avaient de drôle.

Le dernier tome de la saga s'appelle *La Mort d'Éric*. C'est le seul que je n'ai pas lu, enfant. C'était à cause du Prince que mon père aimait ce prénom. C'est à cause de ce dernier titre que ma mère le redoutait. Et disait, beaucoup plus tard, regretter de l'avoir donné à son fils.

Je n'en ai que très rarement reparlé avec ma mère, et jamais avec mes grands-parents.

Les trois citations en épigraphe de ce chapitre euphémisent des morts d'enfants en les qualifiant de « pertes » ou de « disparitions ».

Le premier est le fils d'Isabel Archer, l'héroïne de mon roman préféré d'Henry James, et l'ensemble du passage s'emploie à étouffer cette perte, ou du moins les signes extérieurs de tristesse de la mère, qui ne porte plus le deuil et en parle à peine.

Les seconds sont les aînées d'un écrivain qui n'est pas nommé et que Fitzgerald ne désigne que comme « l'Auteur », dans une nouvelle tardive et plutôt ironique où « l'Auteur » (pas Fitzgerald) reçoit un journaliste venu l'interviewer et lui fait visiter sa cave, où il a enterré les fantômes de ses ambitions littéraires. Les réponses apparemment fantaisistes du personnage fictif recoupent précisément ce qu'on sait de Fitzgerald, par exemple le fait que ses parents ont « perdu », dans les mois précédant sa naissance, deux petites filles de un et trois ans.

Le dernier, « la pauvre petite Monique », était la sœur aînée de mon père, morte plus de dix ans avant sa naissance, et pieusement exposée à la tendresse embarrassée de ses cinq cadets. Ces lignes sont extraites d'une sorte d'inédit autobiographique écrit (et abandonné) à l'époque où mon père a eu son premier enfant (mon grand demi-frère).

Mon roman préféré ne mentionne la mort d'un petit garçon que pour mieux la taire. Mon romancier préféré fait remonter sa vocation à la mort de ses sœurs. Mon père a été élevé dans le culte d'une « petite tête dévorée par des orbites démesurées » dont j'imagine qu'elle devait le terrifier, même s'il accumule dans le même paragraphe des protestations un peu guindées de tardive prise de conscience et de compassion pour ses parents.

Henry James raconte le silence de ma mère. Fitzgerald formule une vérité que je peux m'approprier. Mon père a cru le silence moins inconfortable, meilleur pour moi que le portrait ovale, la guirlande de roses, la piété imposée. Et il exprime joliment ce que je ressentais enfant à l'égard d'Éric, cette « poupée » que je n'ai « jamais possédée », cette « existence étrange, importante, inexpliquée ».

Même si j'étais trop jeune pour en conserver aucun souvenir, je peux toujours essayer de reconstituer ce qui m'est aussi arrivé, à moi, surtout depuis que j'ai retrouvé (ou plutôt été retrouvée par) un autre témoin, en Bretagne, pour qui j'ai fini par sortir un peu plus loin de la route des Estuaires.

## L'album rouge (1)

*Elle est terriblement casse-cou.*

Ma mère

À défaut de témoins prêts à s'étendre sur le sujet, j'ai toujours eu accès à une archive que peu de mères ont dû constituer avec autant de soin que la mienne. À ma naissance, elle a acheté un gros album relié et recouvert de cuir rouge, aux feuilles épaisses, où elle s'apprêtait non seulement à coller les photographies et plus tard les premiers dessins de sa fille, mais à consigner régulièrement ses progrès, de son écriture régulière, rapide et ronde.

J'étais une enfant précoce, comme on ne disait pas encore à cette époque. À l'école, on m'a fait « sauter » plusieurs classes, et j'avais donc tout à fait conscience, quotidiennement, de ce léger décalage avec les autres, de cette « avance » dont mes parents tiraient fierté, et qu'ils ont beaucoup (trop) vantée autour d'eux. C'est la première raison qui me fait douter de la version selon laquelle je n'aurais jamais verbalisé quoi que ce soit au moment de la « disparition » d'Éric. Je déteste ce genre d'euphémisme mais, en l'occurrence, c'est sans doute bien ainsi que j'ai perçu la soudaine présence, suivie de la non moins soudaine absence de ce petit frère.

Je dis « soudaine présence » parce que, l'album rouge le confirme, la grossesse de ma mère était particulièrement peu visible : une photo nous montre, elle et moi, dans une allée du jardin du musée Rodin ; les branches des arbres sont nues, nous portons toutes les deux un manteau d'hiver, elle doit donc dater de quelques semaines au plus avant la naissance du bébé, mais rien dans la silhouette longiligne de ma mère, accroupie, de profil, rien sauf qu'elle n'a pas fermé son duffle-coat, ne laisse deviner son état. Cette photo et une autre prise le même jour, de moi seulement, ont été collées après la mort d'Éric.

Il m'a fallu de longues années, et le projet de ce livre, pour songer enfin à regarder plus attentivement ce qui, dans l'album, lui succède. On y trouve d'abord une caricature de mon visage, signée d'un oncle par alliance, et datée de « 69 », puis une pleine page de texte sur laquelle je porte pour la première fois un regard d'historienne.

C'est pratique, un regard d'historienne, c'est rassurant. Une de mes amies historiennes m'a fait lire l'an dernier (et c'était tout sauf un hasard) deux livres d'historiens contemporains consacrés à des morts d'enfants : l'un parle de la mort de son fils, dans des rapides de l'Utah, l'autre de celle d'un frère aîné qu'il n'a pas connu, et tous deux ont recours à des sources, des archives privées et publiques qui apportent un éclairage indirect mais efficace sur ce qui leur est arrivé. Tous deux reproduisent in extenso certaines de ces archives, et je leur emprunte le procédé, sinon en visant la même objectivité, la même neutralité scientifique, du moins en espérant que mes hypothèses de lecture puissent être ainsi validées par d'autres.

« À vingt mois, Julie fait des progrès géants : elle sait plus de cent mots, en apprend tous les jours et commence à faire des phrases.

Elle dessine et fabrique des « bolommes », elle aime lire, danser, chanter.

Elle est terriblement casse-cou, grimpe partout et s'écrie « Je saute » avec jubilation.

Elle commence à être très tendre.

Elle est capable de longs moments de ~~tendr~~ patience, puis passe par de brusques exaspérations.

Elle connaît les trois commandements de papa : « Pas Feu, pas saute, pas couteau. »

On peut sûrement faire dire beaucoup d'autres choses à ce texte, et mon interprétation est forcément orientée. Voici ce que j'y vois.

– À vingt mois, j'ai donc du vocabulaire. Parmi ces cent mots (ma mère, qui est une personne précise et peu encline à l'exagération, les a-t-elle comptés sur ses doigts ? est-ce ainsi qu'elle arrive à s'endormir, depuis le 25 janvier ?), on peut supposer qu'il y a « bébé », « parti », « pas là », « pleurer », et même « frère » ou « Éric ». Et qu'ils peuvent cohabiter, au moins groupés par deux, dans les phrases que je commence à faire. Je m'avise que mes propres enfants, à cet âge, savaient dire (et disaient souvent) « siparu » (pour « disparu », j'avoue que j'ai oublié lequel est l'auteur de cette déformation), et « Où l'est l'est ? » (pour « où il est ? », répété en boucle par mon deuxième fils, lorsque son grand frère était à l'école).

– À vingt mois, je pratique très volontiers des activités qui ne peuvent que réjouir mes parents : la lecture parce qu'ils partagent ce goût ; la danse et le chant parce que ça détend l'atmosphère. Je me montre donc précocement disposée, d'une part à leur ressembler (à imiter ce qu'ils détestent le moins en eux), d'autre part à les divertir. Et je dessine et fabrique des « bolommes », comme tous les enfants de cet âge, comme j'en dessinais et fabriquais sûrement déjà avant le 25 janvier. Je dessine des « bolommes », des objets abstraits (à quelle autre occasion qu'un crayon de couleur à la main ai-je pu entendre prononcer et donc répéter le mot « bonhomme »?) qui n'existent que dessinés. Pas des bébés, pas des frères, pas des Éric.

Jusqu'ici, je reconnais assez bien l'enfant que je me souviens avoir été (plus tard : lorsque j'ai commencé à pouvoir me souvenir), et même l'adulte que je suis devenue. Je ne dessine plus depuis longtemps, mais j'aime toujours autant parler, faire des phrases, lire, danser, chanter, et représenter des objets (des personnages de fiction) qui n'existent que fabriqués, du moins jusqu'à tout récemment.

– Ce qui m'étonne beaucoup plus, c'est l'insistance sur mon intrépidité sportive. Je ne suis pas, je n'ai jamais été « terriblement casse-cou ». Je n'ai jamais pratiqué d'activités aussi fatigantes que l'escalade, ni aussi adrénalinogènes que le saut : du plongeoir de la piscine olympique de Deauville, je n'ai sauté – même pas plongé – qu'une fois depuis la plate-forme de cinq mètres, et jamais, même si j'ai fini par réussir à y monter, depuis celle de dix mètres. Je n'ai guère sauté que des classes. Et je ne peux pas m'empêcher de comprendre cette insistance, qui s'exprime de nouveau dans la dernière phrase (je connais, ce qui ne signifie pas que je leur obéisse toujours, les trois commandements de Dieu-mon-père : « Pas Feu, pas saute, pas couteau ») comme la manifestation d'une panique de mes parents à l'idée que je puisse, à mon tour, tomber.

– Quant à mon comportement affectif, j'ai tendance à penser que j'avais de grandes et bonnes raisons, dans les semaines qui ont précédé l'écriture de cette page, et où j'avais vu l'équilibre familial s'écrouler à deux reprises, à la naissance puis à la mort de mon petit frère, de devenir soudain plus tendre (d'abord pour m'assurer que mes parents m'aimaient toujours, bien qu'absorbés par un rival, puis pour les consoler de sa disparition), et surtout d'être perçue comme une enfant sage, « patiente », mais dont la retenue se craquelle parfois.

– Il y a peu de ratures, dans l'album rouge, et la répétition involontaire de « tendresse », corrigée en « patience », complète le tableau que, faute de m'en souvenir, je suis contrainte d'imaginer : celui d'une jeune femme de trente et un ans dont le deuxième enfant vient de mourir tragiquement et qui, faute de retourner tout de suite au bureau, décide de poursuivre le récit de la vie de sa fille, en omettant d'y mentionner ce qui ne m'est, donc, pas arrivé.

J'ignore évidemment à quelle date elle le fait, mais j'ai eu vingt mois le 2 février, et je suppose qu'elle a rouvert l'album rouge après les vacances aux sports d'hiver (elle ne l'avait sûrement pas emporté à Tignes) qui sont documentées par deux photos (après celles prises en novembre 1969 au jardin Rodin, où sa grossesse ne se voit pas, et peut-être une autre, car il y a sur la même page un petit reste de scotch jauni dont je ne peux que supposer qu'il a servi à coller une image du bébé, finalement retirée).

Sur l'une, je suis dans les bras de mon père, souriante sous son regard doux ; ma mère l'a bizarrement découpée en forme d'ogive : pour qu'elle s'intègre mieux à la mise en page (elle travaillait dans l'édition), ou pour s'effacer du cadre (elle ne s'est jamais trouvée photogénique) ?

Sur l'autre, on voit un lit superposé (dans lequel je ne dormais sûrement pas), occupé par les deux filles des amis avec qui nous sommes tous partis passer des vacances à Tignes, quelques jours après l'enterrement de mon petit frère – deux sœurs, plus âgées que moi. On m'a posée à côté de la cadette, sur le lit du bas, nos visages sont collés l'un à l'autre, face à l'objectif. Le papier peint (de petites pastilles pastel, gris pâle, roses et orange sur fond blanc, assemblées aléatoirement) et les couvertures en laine épaisse, orange vif avec de gros pois roses, feraient la joie d'un décorateur de cinéma chargé de reconstituer l'année 1970.

La légende commente sobrement : « À la "tagne à Tignes", Julie attrape les oreillons de C. »

Certes, l'expression « tagne à Tignes » n'est pas une phrase, mais elle atteste l'acquisition de deux nouveaux mots, « montagne » et « Tignes », la conscience de leur homophonie, l'intuition qu'ils se réfèrent au même lieu, bref une certaine compétence linguistique que je n'utilisais apparemment pas pour interroger mes parents sur mon petit frère, leur demander « où l'est l'est? », ni pourquoi il avait « siparu ».

Ce séjour aux sports d'hiver s'est révélé catastrophique pour des raisons nettement plus graves, mais le coup des oreillons n'a rien dû arranger.

Dans la moitié inférieure de cette même page, on me voit assise sur les genoux de mon grand demi-frère, tous deux installés au bureau de notre père. Je suis effectivement défigurée par les oreillons, mi-boudeuse, mi-égarée.

Je ne sais pas si mon grand demi-frère venait très souvent à la maison (dans mon souvenir, je ne le voyais que pendant les vacances). Il a l'air un peu surpris, gêné d'être là, gêne qu'explique la légende, faisant de cette page une véritable planche de bande dessinée, d'une redoutable cohérence narrative : « Julie essaie de passer les oreillons à M. » Ma collaboration à ce projet est douteuse : je n'ai pas l'air en état d'essayer de faire quoi que ce soit. Et je trouve curieux qu'on ait vu dans cette maladie l'occasion d'un rapprochement exceptionnel entre nous, au point de le convoquer exprès, dans un appartement où il n'était sûrement pas retourné depuis (autre occasion exceptionnelle) qu'il était venu y faire la connaissance d'Éric, environ deux mois plus tôt – même si je sais que les oreillons peuvent entraîner des complications plus sérieuses à l'âge adulte, et conçois qu'il ait paru judicieux de les transmettre à mon grand demi-frère avant son adolescence.

Je l'ai interrogé une fois, avant qu'il ne perde lui aussi un enfant : le seul souvenir qu'il gardait du bébé, c'est qu'il l'avait pris en photo. Il avait eu dix ans en novembre 1969, et je me dis qu'on lui avait peut-être offert son premier appareil pour son anniversaire. C'était alors un objet coûteux, qu'on n'offrait, en tout cas dans ma famille, que si l'enfant avait déjà manifesté de l'intérêt ou des dons pour la photographie (mon frère en a fait par la suite son métier). Cette photo d'Éric, une fois développée, s'était, m'a-t-il donc raconté bien plus tard, révélée défectueuse. Un problème, avec le flash peut-être, avait substitué une tache blanche au nourrisson, dont on ne voyait que le berceau. Le jour où il m'a raconté ça (il est mort depuis et nous n'en avons jamais reparlé), mon grand demi-frère avait alors ajouté que cet effacement du bébé, disparu dans cet éclat de lumière blanche, lui avait paru de mauvais augure, rétrospectivement.

Je ne sais pas à quel rythme on se rendait à l'époque dans un laboratoire pour y faire développer sa pellicule, lorsqu'on n'était qu'un amateur. Je ne sais pas si la photo défectueuse a été développée avant que son sujet disparaisse pour de bon.

On usait sans doute plus de pellicule si on avait de jeunes enfants dont immortaliser les changements.

Je dirais que les photos de Tignes ont dû être prises par les amis avec qui nous y étions allés (et y étions restés quelques jours confinés, coupés du monde par une succession d'avalanches devenues historiques, qui ont tué trente-neuf jeunes dans la salle à manger de l'UCPA de Val-d'Isère), qu'ils les ont fait développer à leur retour et les ont envoyées à mes parents (savaient-ils déjà que leur fille cadette m'avait refilé les oreillons ?), et que ce sont elles qui ont incité ma mère à rouvrir l'album rouge, dans la seconde quinzaine de février, avant le 2 mars en tout cas, où j'ai atteint vingt et un mois. Elle y a d'abord collé la caricature de moi, faite par un oncle et datée de 69, puis écrit le texte reproduit plus haut, ajouté les images du jardin Rodin, et enfin celles de la « tagne à Tignes ».

Il y a quelques années (je dirais entre 2013 et 2015, approximativement), un magazine féminin m'a demandé, pour une série d'été consacrée aux lieux de vacances d'écrivains, une interview et une photo. J'ai prêté l'album rouge à la journaliste, qui y a choisi, logiquement, une image d'été – prise sur le voilier de mon père, où je dois avoir trois ou quatre ans, en gilet de sauvetage orange. Sans la parution de cette photo dans ledit magazine, je n'aurais pas pris, en août 2020, la route des Estuaires en direction de la Bretagne, pour y recueillir un autre témoignage.

## *Le Monde*

*Je suis ma mère qui dit et mon père qui se tait*

Alex Beaupain

Je n'ai jamais été une lectrice du *Monde*. Lorsque j'étais petite et que mon père vivait avec nous, le journal traînait à la maison mais, toute précoce que j'étais, personne n'attendait de moi que je m'y intéresse (vers huit-neuf ans, j'ai commencé à me jeter sur les hebdomadaires qu'achetaient mes parents et à dévorer les pages de programmes télévisés pour y repérer quels films seraient diffusés le mardi soir, le seul où j'avais le droit de veiller : il y avait des photos, et d'infimes mais intrigantes différences dans les résumés de ces films proposés par les magazines en question, de quoi me séduire davantage que l'austère quotidien du soir dans lequel mon père écrivait).

Après le divorce, ma mère préférait lire les journaux du matin. Et, plus je grandissais, plus je trouvais confortable de répondre en toute sincérité aux personnes, de plus en plus nombreuses (souvent mes profs, ce qui n'arrangeait rien), qui cherchaient à me faire commenter tel ou tel article de mon père, que je ne lisais jamais *Le Monde*. Je me souviens de la tête qu'a faite un jour (je devais avoir la trentaine) un jeune démarcheur venu sonner à ma porte pour me proposer un abonnement, en m'entendant répliquer, sans réfléchir, mais d'un air déterminé (réplique et air déterminé dont j'avais alors une longue pratique) que je ne lisais jamais *Le Monde*. Un peu désarçonné, il m'avait ensuite demandé avec un demi-sourire si je trouvais ce journal « trop trotskyste ». J'ai beau ne le lire jamais, je ne crois pas que sa ligne éditoriale ait jamais été trotskyste, encore moins trop trotskyste. J'ai souri aussi, répondu que c'était œdipien, pas le temps de lui expliquer, et j'ai refermé ma porte.

Ces dernières années (depuis la mort de mon père), il m'est arrivé ponctuellement, pour lire tel ou tel article, d'utiliser les identifiant et code de connexion de proches, et j'ai même fini par prendre un abonnement en ligne, dont je me suis à peine servie, et qui s'est automatiquement éteint le jour où ma carte de crédit a expiré. Mais je suis bien contente d'avoir tout récemment, toujours pour avoir accès à un article particulier (mais sans aucun rapport avec ce livre), demandé ses identifiant et code de connexion à ma mère, qui me sont très utiles aujourd'hui pour accéder à d'autres archives, publiques, elles.

Car, si ma mère s'est remise sans tarder à remplir l'album rouge, mon père, de son côté, n'a quasiment pas cessé de publier dans son journal, cet hiver 1969-1970, au rythme de deux ou trois articles par semaine, que ne ralentissent pas la naissance ni les cinquante-deux jours de la vie de son fils. J'en ai compté et consulté dix-neuf, plus ou moins longs, parus entre le 5 décembre et le 25 janvier, qui donnent une idée assez précise, d'une part de la création théâtrale, et d'autre part de la vie que menait mon père à cette époque. Il était alors critique dramatique : ces semaines-là il est allé (sans doute sans ma mère, qui le reste du temps l'y accompagnait souvent) assister, deux ou trois fois par semaine, dans des salles très différentes, à des spectacles très différents. On y trouve pêle-mêle du boulevard avec Darry Cowl au Théâtre Fontaine, Duras aux Mathurins, Brecht au TEP, Beaumarchais à l'Hôtel de Ville de Saint-Maur-des-Fossés, *Macbeth* par le Théâtre national du Sénégal (une représentation unique, en l'honneur de Senghor qui vient d'être reçu à l'Académie française) à l'Odéon, et même une mise en scène de Marcel Maréchal à Villeurbanne, en janvier – Lyon n'était pas alors à deux heures de TGV de Paris.

Ma mère m'a souvent parlé de ces années où ils écumaient ensemble à moto les banlieues parisiennes pour y voir des classiques joués en blue-jean (ce qui heurtait lorsque j'étais toute jeune ma conception et mon expérience, plus flamboyantes, d'une sortie au théâtre), et pas forcément pour les regretter. Ils sortaient un soir sur deux, ne passaient pas toujours une bonne soirée, et mon père, une fois rentré à la maison, devait pondre en urgence un papier qu'un coursier du *Monde* venait chercher tôt le lendemain matin. Une vie qui justifiait la présence d'une nurse à demeure.

Peut-être est-ce parce que je n'ai pas une passion pour le théâtre (litote), mais en faisant défiler sur l'écran de mon ordinateur les articles numérisés qu'il a écrits cet hiver-là, je me demande si ma mère s'est alors forcée, parfois, toujours, à le suivre, ou si elle était soulagée d'être dispensée, par la naissance de son second enfant, de le faire, et si elle se sentait un peu seule avec ses deux petits et la nurse couchés au-dessus d'elle, à l'étage des enfants.

Entre le 23 janvier et le 20 février, mon père ne publie plus de critiques dramatiques. La première parue après la mort d'Éric date du 20 février.

Elle porte sur une pièce créée à Villeurbanne le 11 mars 1969, dont il a déjà rendu compte le 18 mars 1969, et qui est reprise à Paris le 18 février 1970. Je ne sais pas si, ce mercredi 18 février, nous étions déjà rentrés de la « tagne à Tignes » : on ne prenait jamais qu'une semaine de vacances aux sports d'hiver par an, dans ma famille, mais l'avalanche de Val-d'Isère a eu lieu le mardi 10 (le jour anniversaire de mon père, qui « fêtait » ses quarante et un ans), les liaisons avec la vallée n'ont été rétablies que quelques heures le jeudi 12, et c'est seulement le lundi 16 que les stations touchées (il y a eu une nouvelle avalanche le jeudi à Tignes même, qui n'a pas fait de victime) ont retrouvé leur activité saisonnière normale. Je ne sais donc pas si mon père est retourné voir *L'Infâme*, de Roger Planchon, au Théâtre Montparnasse le mercredi 18 février, soir de la première, ou le 19 (en admettant qu'un article remis à un coursier le 20 à l'aube puisse paraître quelques heures plus tard), ou pas du tout.

Ce qui est certain, c'est qu'il ne s'est pas contenté de faire reparaître sa critique vieille d'un an. Il l'a intégralement récrite, et la différence de ton, entre ces deux textes, est étonnante. À Villeurbanne, en mars 1969, mon père était très négatif : il jugeait la pièce « cabotine », « tout sauf vraisemblable », ne donnant qu'à voir « du déjà beaucoup vu », il n'en sauvait pas grand-chose. Presque un an plus tard, il est carrément élogieux. Cette fois, il y croit, parle de « neutralité attentive », de « relief », d'« épaisseur », de « réussite de cette approche de la réalité », de « scènes balancées », de « belles chutes », de « rhétorique ajustée », et conclut que Planchon « sait jouer comme personne de toutes les ressources du théâtre ». La distribution est pourtant la même qu'à Villeurbanne, et ce qui est dit de la mise en scène laisse penser qu'elle n'a pas changé. Que mon père ait revu ou non la pièce, il avait changé, lui.

Il se trouve que *L'Infâme* traite d'un fait divers : en décembre 1956, le curé d'Uruffe, petit village de Meurthe-et-Moselle, après avoir engrossé une de ses paroissiennes mineure, lui avait tiré dessus, puis ouvert le ventre avec un couteau et baptisé le fœtus de huit mois (une petite fille, viable), avant de la tuer et de lui taillader le visage pour effacer toute éventuelle ressemblance avec lui. Mon père, lorsqu'avait eu lieu le procès du curé, en janvier 1958, travaillait déjà pour *Le Monde* comme chroniqueur judiciaire, il avait assisté aux audiences et publié trois comptes rendus. De toutes les affaires qu'il a suivies, entre 1956 et 1960, c'est la seule dont il m'ait jamais parlé.

Le procureur avait requis la peine de mort (à laquelle mon père était farouchement opposé, en général), mais le coupable avait bénéficié de « circonstances atténuantes » et été condamné aux travaux forcés à perpétuité. Au bout de vingt-deux ans, il a obtenu la liberté conditionnelle et s'est retiré dans une abbaye bretonne où il est mort à l'âge de quatre-vingt-dix ans, en 2010, quatre ans après mon père.

Mon père a reçu une éducation catholique très traditionnelle, il allait à la messe, chez les scouts, et son journal intime d'adolescent s'interroge quotidiennement sur la solidité de sa foi. Sa mère le rêvait prêtre, comme celle du curé d'Uruffe. Comme lui, mon père aimait les femmes et même si, dans les années 1950, dans sa famille, les coucheries étaient de toute manière prohibées, qu'on soit ou non curé, il a eu la prudence de désobéir à sa mère. Il s'est marié à l'église, a eu un premier fils (mon grand demi-frère), mais il avait décidément du mal avec l'engagement. Il a divorcé, s'est remarié, a de nouveau divorcé. La paternité, avant la naissance de chacun de ses enfants, le paniquait. Ses portraits du meurtrier, que ce soit dans ses chroniques judiciaires de 1958 ou dans ses deux critiques de la pièce de Planchon, à un an d'écart, en 1969 et 1970, insistent tous sur la profonde immaturité du curé.

Lorsqu'il voit la pièce à Villeurbanne le 18 mars 1969, il ne sait pas encore que ma mère est de nouveau enceinte, moins d'un an après ma naissance. Onze mois plus tard, il a successivement vu naître et mourir son fils. Qu'il ait revu ou simplement réévalué *L'Infâme*, ses deux articles diffèrent aussi, légèrement, dans le rappel du fait divers qui a inspiré la pièce. En mars 1969, il utilise le mot de « fœtus »; en 1970, c'est devenu un « enfant ». Maigres traces que je m'escrime à faire parler.

Dans la foulée de cette critique de *L'Infâme*, il reprend le rythme stakhanoviste des semaines qui ont précédé le 25 janvier : neuf articles en deux semaines. Je ne suis pas allée plus loin, mais j'imagine que ça ne s'est pas ralenti. Sans doute ma mère a-t-elle recommencé à l'accompagner au théâtre, tandis que je dormais, à l'étage des enfants, sous la garde de ma nurse bretonne, dans ma chambre bleue, à quelques mètres de la chambre verte, vide désormais.

En plus de ses deux ou trois articles par semaine, mon père a publié, l'automne suivant, un roman dont je ne sais pas quand il avait commencé à l'écrire, ni s'il l'avait terminé à la mort de son bébé. Aujourd'hui, lorsqu'on prévoit de sortir un livre en septembre, il faut le rendre à son éditeur avant le mois de mai. J'ignore si les délais étaient différents (plus longs) à cette époque. Mais, ce qui est sûr, c'est que mon père a dû travailler à ses finitions (relecture des épreuves, corrections) au printemps 1970.

Je l'ai lu il y a beaucoup trop longtemps pour m'en souvenir, mais la critique parue en octobre dans *Le Monde* (retrouvée, elle aussi, dans les archives numérisées du journal) insiste sur la présence du motif obsédant de la mort dont la journaliste (avec qui mes parents s'entendaient suffisamment bien pour la voir de temps en temps à Saint-Pair, où elle passait aussi ses vacances) dit que le livre exprime « une haine, une horreur devant le cadavre qui fait vibrer la plume ». Et les seuls passages cités (l'article est long) sont là pour l'illustrer. D'abord : « On dirait de l'ivoire, de la lune, de la glaise séchée comme en oublient les enfants au bord des fenêtres après leurs jeux... Je hais la défaite de ces traits arrêtés, ce froid de corne... » Puis ce commentaire de la journaliste : « Il est visible que, là, l'auteur abandonne son personnage, parle en son nom et s'excuse même de le faire », introduisant cette seconde citation : « Tout a été dit sur ce moment où nous devenons pierre, il n'y a pas de révolte plus stérile et enfantine, mais laisse-moi y chercher le courage. J'ai besoin de répéter les paroles de ma peine pour m'en débarrasser. »

Les coïncidences s'arrêtent là : la voix narrative, si j'ai bien compris, est celle d'une femme, et le mort dont elle parle, son mari. Mais la lecture qu'en fait la journaliste intègre évidemment ce qu'elle sait du deuil récemment vécu par mon père qui donc, selon elle, « parle ici en son nom et s'excuse de le faire ».

J'aurais tendance à croire que ces lignes étaient déjà écrites lorsqu'Éric est mort, en janvier. J'y retrouve (surtout dans les équivalents matériels du cadavre : l'ivoire, la lune, la glaise séchée comme en oublient les enfants au bord des fenêtres après leurs jeux, le froid de corne) des traits de style qu'il utilise dans d'autres textes et qui tous, j'en suis sûre, remontent à la mort de son père, en 1940, au cadavre sur le front duquel il lui avait fallu poser un baiser (scène traumatisante qu'il m'a racontée au moins une fois, et que je ne peux pas m'empêcher de relier à la photo de la « pauvre petite Monique » qui avait déjà fixé sur toute son enfance « ses orbites démesurées »). Son premier cadavre.

Je me souviens qu'un jour, sans doute la première fois que j'en ai vu un à mon tour pour la première fois, j'en ai parlé avec ma mère et que, après avoir réfléchi un instant, elle m'a confié que son premier, à elle, c'était celui de « son bébé ». Je suis presque sûre que ce sont les mots qu'elle a employés. Et cela prouve (comme pour le détail du dégoût pour le navarin d'agneau, glané sans doute parce que j'avais par hasard évoqué ce plat) que ma mère n'a jamais esquivé le sujet, ni avec moi, ni avec ma sœur, ni avec nos enfants, même si elle n'en dit rien dans l'album rouge, et même si elle m'a opposé une fois ce déni mémorable : après la mort de mon père, nous avons passé de longs mois, avec sa dernière compagne, à mettre de l'ordre dans l'invraisemblable quantité de documents qu'il laissait derrière lui. Un après-midi, entre un dossier « imposition » vieux de vingt ans et une liasse de modes d'emploi de transistors depuis longtemps hors d'usage, nous sommes tombées sur un épais dossier qui contenait toutes les lettres de condoléances reçues à la mort d'Éric. De la simple carte de visite, griffonnée de regrets formels, à des courriers d'intimes, en passant par des feuillets amicaux mais où le vouvoiement révèle une certaine distance (envoyés souvent par des relations de travail), il y en avait de toutes sortes, et en abondance. Mes parents n'avaient pas une vie mondaine très active, mais ils croisaient beaucoup de gens, au théâtre, ou dans le milieu de l'édition où travaillait ma mère, et tous ces gens leur ont écrit. Leur malheur avait ému, j'en avais des dizaines de preuves sous les yeux. Le lendemain, racontant cette découverte à ma mère, je l'entends me répondre que ce n'est pas possible, que personne ne leur a écrit. J'insiste. Je les ai lus la veille, ces mots. Renonçant à nier l'évidence, elle se reprend : personne ne lui a écrit, à elle. Je rectifie (nous aimons toutes deux avoir raison) : la plupart des courriers sont adressés aux deux parents. Même lorsque ce sont des relations professionnelles de mon père, qui la connaissent peu ou pas, ils ne manquent pas de la mentionner aussi. Ceux-là, elle a pu demander à mon père de ne pas les lui lire. Mais il y a au moins une lettre de chacun de mes grands-parents maternels, ainsi que d'une cousine germaine de ma mère adressées à elle seule.

Je me suis replongée dans ces archives (nous n'avions pas gardé les avis d'imposition ni les modes d'emploi de transistors) en commençant à songer à ce livre, pour y relire ces lettres. J'ai retrouvé une facture de l'entreprise de pompes funèbres qui s'est chargée des obsèques d'Éric, le manuscrit inédit où apparaît la « pauvre petite Monique », mais pas ce dossier. Il semblerait qu'il ait fini par disparaître, donnant, pour la postérité, raison à ma mère.

Je sais, depuis que j'écris moi-même, qu'on a tendance à confondre ce qu'on vit avec les mots qu'on emploie pour le restituer. Je crois que mon père peut tout aussi bien, devant le cadavre de son bébé, s'être rappelé « ivoire », « lune », « glaise séchée », « corne », déjà déposés dans son livre, que s'être rappelé le cadavre de son bébé au moment de les y ajouter, en en corrigeant les épreuves.

Les coïncidences, ai-je dit au sujet de ce roman publié en automne 1970 par mon père, s'arrêtent là : il y est question de la mort. Ce n'est pas tout à fait vrai. Le mort qui ressemble à de la glaise séchée s'y appelle comme mon fils aîné, celui que j'attendais l'été où j'ai interrogé mon père sur la mort d'Éric. Nous savions déjà que ce serait un garçon, et comment il allait s'appeler. Mais seule mon imagination, aujourd'hui accrochée à des bribes d'archives, acharnée à les rabouter pour pallier ma mémoire défaillante d'enfant, me dit que mon père, ce soir d'août 1992, a peut-être fait le lien entre le bébé qu'il avait perdu, le prénom du personnage dont il décrivait le cadavre dans un roman paru quelques mois plus tard, et le premier petit-fils qu'il s'apprêtait à avoir.

## Le soufflé va être trop cuit

*Je suis combien de croix je suis combien de tombes*

Alex Beaupain

Il y a toujours un moment, lorsque je prends la route des Estuaires entre Saint-Pair et la fac de Caen, où je me dis que je mourrai là, même depuis que j'ai enfin acheté une voiture quasi neuve.

Je ne saurais pas dire à quand remonte cette intuition. Peut-être à la mort de mon éditeur Paul Otchakovsky-Laurens, tué par un chauffard. La dernière fois que je l'ai vu, c'était fin octobre 2017, deux mois avant son accident. Au milieu des vacances de la Toussaint, j'avais à sa demande quitté un matin la maison de Saint-Pair, remplie à ras bord d'amis et d'enfants, en train, pour venir attendre avec lui, dans ses bureaux parisiens, le résultat d'un prix pour lequel mon dernier roman était sélectionné. Je m'étais arrangée pour que cet aller-retour dans la journée ne soit pas tout à fait inutile (je ne croyais pas que j'aurais ce prix et ne l'ai d'ailleurs pas eu), et j'ai fait le trajet inverse, en fin d'après-midi, avec une vieille voiture d'occasion que je venais d'acheter et qui avait vocation à rester à Saint-Pair. Mon deuxième fils, pour la première fois depuis qu'il avait son permis, a conduit tout du long, comme deux ans et demi plus tard lorsque nous partirions nous confiner avec la Fiat 500 de ma mère. Il y avait beaucoup de brouillard et je garde un souvenir assez lugubre de ce voyage – souvenir reconstruit, certainement, lorsque j'ai su que j'avais vu Paul ce jour-là pour la dernière fois.

J'ai tendance, parce que j'écris sur cette route et sur la mort de mon petit frère, à me rappeler d'autres raisons d'associer cette route à la mort.

Lorsque j'étais enfant, avant que l'autoroute de l'Ouest ne soit prolongée jusqu'à Caen, à l'époque des nationales bordées de platanes et du Haras du Pin, il fallait plus de cinq heures en voiture pour aller de Paris à Saint-Pair. Mais mon père prétendait avoir mis un jour moins de trois heures, dans le sens du retour, pour arriver à temps au chevet de sa mère mourante. Anecdote qui m'inspirait un sentiment d'ivresse, cette rapidité comblant mon impatience, atténué par l'horrible nécessité qui l'y avait poussé.

Mon père a fait trois tonneaux, entre Villedieu-les-Poêles et Saint-Pair, lorsque j'étais petite. Deux versions de cet accident heureusement sans conséquences (sauf pour la voiture) circulaient dans ma famille. Celle de mon père est la plus romanesque (voire romancée) : d'une part parce qu'en rouvrant les yeux, encore sous le choc, il aurait découvert que sa sortie de route l'avait projeté devant une entreprise de pompes funèbres, et qu'il était entouré de tombes et de stèles ; d'autre part parce que ma mère se serait contentée, lorsqu'il lui avait téléphoné pour la prévenir qu'il serait en retard, de ce sobre commentaire : « Le soufflé va être trop cuit. » Ma mère, qui a une excellente mémoire et n'est pas romancière, affirme qu'elle avait prévu du colin froid, ce soir-là. Je crois davantage à sa version.

La dernière fois que j'ai vu mon grand demi-frère, il s'apprêtait à rentrer de Saint-Pair à Paris en moto. C'était en août 2017. Il est mort trois mois plus tard d'une crise cardiaque. Je ne me souviens pas si je l'ai regardé sortir du jardin, passer le portail avec sa Guzzi et son side-car, et j'ai tellement insisté sur cette image manquante dans mon dernier livre que beaucoup de lecteurs ont cru qu'il s'était tué sur la route.

Parce que j'écris sur la période la plus sombre de mon enfance, j'ai tendance, ces jours-ci, à n'en retenir que des souvenirs tristes. D'abord l'appartement, ces deux derniers étages d'un hôtel particulier qu'un vieux baron désargenté louait à mes parents, où nous nous sommes installés quelques semaines avant la naissance d'Éric, et que nous avons quitté en 1978, lorsque mes parents ont divorcé. Je me souviens d'avoir regretté ce départ ; faute de pouvoir leur reprocher leur séparation, je leur en voulais de ce déménagement. Mais je ne suis pas sûre que j'étais si attachée que cela à cet endroit bizarre, où l'étage des enfants était partagé avec d'autres locataires qui, pour s'y rendre, empruntaient l'escalier intérieur, puis le couloir qui desservait nos chambres bleue (la mienne) et verte (devenue en 1973 celle de ma petite sœur) et passaient devant celle de la nurse. À tout moment, pouvaient surgir chez nous des inconnus qui terrifiaient mes copines de classe venues jouer à la maison le mercredi après-midi.

Je me revois aussi assise, en larmes, sur les marches dudit escalier, suppliant ma mère de ne pas sortir, ce soir encore, avec mon père (ce souvenir doit dater d'avant mes quatre ans, d'avant le moment où ils ont cessé d'aller au théâtre trois ou quatre fois par semaine). Je revois ma mère s'enfermant dans sa salle de bains pour pleurer, peut-être après une dispute conjugale, et je me souviens que cette scène m'avait suffisamment choquée pour que je me confie à une amie de l'école primaire, dans le cadre très ritualisé et exceptionnel de promenades, à deux seulement, dans la cour de récréation du cours d'Hulst, promenades dont les partenaires variaient, mais qui étaient réservées aux confidences importantes. Même la décoration de l'appartement, aujourd'hui, me paraît sinistre. Et encore, surtout cette cage d'escalier qui nous séparait de la chambre de nos parents, tapissée d'un papier peint imprimé dont les volutes sombres me reviennent déformées. Escalier qu'une baby-sitter de remplacement a dévalé à la fin d'une nuit de janvier en hurlant que ce n'était pas sa faute.

Je n'ai pas aimé être une enfant. J'avais hâte de pouvoir vivre ce que les grandes personnes, dans les livres que je lisais, dans les films que je voyais, avaient le droit de faire. Je ne voyais pas l'intérêt de cette trop longue attente. Mon conte préféré était celui de la comtesse de Ségur dont l'héroïne dort de sept à quatorze ans et se réveille en possession de tous les apprentissages qu'elle a acquis pendant son sommeil, et sans être passée non plus par la case de l'âge ingrat. Peut-être mon impatience de grandir était-elle aussi motivée par la conscience vague qu'être enfant vous faisait courir un danger de mort.

J'aurais pu en rester là. Continuer toute ma vie à m'étonner de pleurer chaque fois que passe sur Nostalgie la chanson de Maxime Le Forestier, sortie en 1971, qui s'intitule *Mon frère* et qui commence ainsi : « Toi le frère que je n'ai jamais eu /

Sais-tu si tu avais vécu / Ce que nous aurions fait ensemble / Un an après moi, tu serais né / Alors on n'se s'rait plus quittés / Comme deux amis qui se ressemblent », etc.

J'aurais pu continuer à traquer les significations possibles d'un hasard qui veut que, ma petite sœur et moi, les seules survivantes de la fratrie, ayons eu sept enfants à nous deux, dont cinq nés entre le 21 octobre et le 2 novembre, donc conçus fin janvier, autour de la date anniversaire de la mort d'Éric.

J'aurais pu continuer à tourner autour de ce fantôme dans mes romans, c'est-à-dire à le contourner, si une photo de moi en gilet de sauvetage orange n'avait pas été publiée dans un numéro d'été (2013 ? 2014 ?) d'un magazine féminin qui consacrait une série d'articles aux lieux de vacances d'écrivains, si ce magazine n'était pas tombé sous les yeux d'une femme, à Binic, dans les Côtes-d'Armor, et si, le 26 janvier 2020, cinquante ans, à un jour près, après la mort d'Éric, elle n'avait pas fini, le lendemain d'une soirée entre amis joyeusement arrosée, par faire un truc dont elle n'était pas du tout coutumière, et qu'ils lui avaient suggéré : envoyer un mail.

## L'homme fait des projets, et Dieu rit

*Bonjour, je suis Maryvonne.*
La nurse bretonne

À elle aussi je vais donner son vrai prénom. Pas parce qu'elle est morte, comme Hervé, Sylvie, Éric ou Paul Otchakovsky-Laurens, mais parce que, sans elle, je n'aurais jamais écrit ce récit.

Lorsque j'ai reçu son mail, envoyé à mon adresse professionnelle, ce dimanche 26 janvier 2020, je n'ai pas du tout fait le lien avec l'anniversaire de la mort d'Éric (le 25 janvier n'avait jamais été l'occasion de briser le silence familial, ni donné lieu à une quelconque commémoration, et je n'avais alors qu'une idée approximative de la date de l'accident). Mais en le relisant aujourd'hui, en remarquant cette coïncidence pour la première fois, et le fait que cinquante ans s'étaient alors écoulés, je suis absolument convaincue que ce n'est pas un hasard et que, si elle s'est décidée à m'écrire ce jour-là, c'est à cause de ce cinquantenaire.

J'avais déjà été contactée par une de mes anciennes filles au pair, une de celles qui avaient succédé à Maryvonne. Sept ans plus tôt, j'avais dû faire une signature au Salon du livre. Il n'y avait pas grand monde, mais cette heure peu fructueuse passée sur le stand de P.O.L un dimanche après-midi m'avait tout de même valu de voir apparaître une Américaine d'une bonne soixantaine d'années, dont le prénom ne m'évoquait, comme celui de Maryvonne sept ans plus tard, que des photos collées dans l'album rouge, encore des photos prises aux sports d'hiver, où je faisais alors mes débuts (modestes : je l'ai déjà dit, je ne suis pas « terriblement casse-cou ») sur des skis. Elle s'était présentée, m'avait apporté des tas de photos qu'elle avait gardées elle aussi, certaines différentes des miennes, et elle m'avait écrit par la suite plusieurs mails, joignant au premier d'autres photos, numérisées et réunies dans un Power Point, de l'année 1971-1972 où elle habitait avec nous. Elle me les envoyait chaque fois le jour de mon anniversaire, dont, comme elle me l'écrivit la première fois, elle se souvenait d'autant mieux que c'était aussi celui de son frère, mort jeune.

Celui de Maryvonne indiquait, en « objet » : « le temps retrouvé ». Elle n'y mentionnait pas la photo de moi en gilet de sauvetage orange. Dans la suite de notre correspondance, elle en évoque une autre, dont j'avais demandé qu'elle figure sur la couverture de l'édition de poche d'un de mes romans, tout juste parue (où l'on me voit, âgée de cinq ans, le pouce dans la bouche, absorbée dans la lecture de *L'Auberge de l'ange gardien*, photo prise par mon grand demi-frère qui venait de mourir lorsqu'il a fallu choisir une illustration) et repérée dans une librairie. Ce n'est que lors de nos retrouvailles qu'elle m'a parlé du magazine féminin, découvert plusieurs années auparavant et qui ne lui avait pas encore donné l'idée de m'écrire (peut-être n'avait-elle tout simplement pas encore de messagerie électronique, à l'époque).

Dans ce tout premier mail, elle commençait par me rappeler qu'elle s'était occupée de moi « de 5 jours à 2 ans et demi » (ce qui n'est pas tout à fait exact, j'avais en fait deux mois lorsque mes parents l'ont recrutée), et m'invitait à venir la voir à Binic où elle vivait, retraitée. J'ai attendu une semaine pour lui répondre, le temps de regarder dans mon agenda quelle semaine se prêterait le mieux à un aller-retour en Bretagne. J'avais commencé par consulter Google Maps pour la localiser, mais je connais si mal la Bretagne que j'avais cru Binic trop éloigné pour y aller en voiture de Saint-Pair. J'avais donc plutôt prévu de prendre le train depuis Paris : l'aller-retour était faisable dans la journée, journée que j'essayais déjà de me représenter.

Si j'ai presque immédiatement donné suite à son message, et accepté son invitation, ce n'était pas sans arrière-pensées : je savais qu'elle était absente, la nuit de la mort d'Éric, mais je savais aussi que c'était sa petite cousine qui la remplaçait, et que Maryvonne était ensuite revenue s'occuper de moi pendant de longs mois, bref, qu'elle aurait peut-être des choses à m'apprendre sur ce qui, de l'avis général, ne m'était pas arrivé, à moi. Cette curiosité n'était pas purement due à un besoin d'informations que personne ne m'avait jamais données, mais, autant l'avouer, motivée par l'usage que je pourrais en faire, c'est-à-dire par le livre où je pourrais les utiliser. Je veux croire que Maryvonne s'en doutait déjà avant de me revoir. Ce qui est sûr, c'est qu'elle l'a compris lorsque ces retrouvailles ont enfin pu avoir lieu.

Un mois et demi après ce premier mail, nous sommes venus nous confiner à Saint-Pair en Fiat 500, et nous avions tous conscience que cet isolement allait durer. J'ai écrit à Maryvonne le surlendemain de notre arrivée pour prendre de ses nouvelles, et surtout pour lui dire qu'un des seuls projets auxquels je tenais pour les semaines à venir, et auquel nous devions renoncer, c'était de venir la voir en Bretagne. Peut-être l'interdiction de nous déplacer a-t-elle aggravé mon impatience et ma frustration, mais ce qui est sûr, c'est que j'ai tenté, dès qu'elle a été levée, d'organiser cette visite. Je m'étais aperçue entre-temps que Binic n'était qu'à deux heures de route de Saint-Pair, et qu'il fallait pour s'y rendre aller plus loin sur la route des Estuaires, à laquelle je projetais déjà de consacrer un livre, projet qui mêlait donc dès le départ cette route à mon désir d'enquêter sur la mort d'Éric.

Fin juillet, je lui ai proposé une date qui ne l'arrangeait pas (elle aussi profitait de sa liberté retrouvée pour partir une semaine avec son mari et son camping-car), mais elle m'a demandé de lui téléphoner pour en fixer une autre. Ce premier coup de téléphone, qui a duré presque une demi-heure, m'a révélé d'abord qu'elle était fort sympathique, mais aussi très bavarde, dotée d'une mémoire d'éléphant, et qu'elle avait travaillé toute sa vie, après avoir quitté la maison, comme assistante puéricultrice dans des maternités : je n'aurais pu rêver meilleur témoin.

Il a fallu encore un mois pour que je puisse la rencontrer, le 26 août. J'ai pris la route un mercredi après-midi très chaud, avec un gros bouquet de fleurs blanches et l'impression d'être un agent secret en mission. Personne ou presque, autour de moi, n'était au courant. Je ne savais de Maryvonne que son adresse, et qu'elle avait prévu un dîner de fruits de mer.

## Binic (1)

*Pokous braz (gros bisous en Breton)*

Maryvonne

Jusqu'à ce mercredi d'août, mon expérience de la Bretagne se limitait à quelques séjours, entre quinze et vingt ans, sur des îles du sud du Morbihan, et à deux ou trois excursions du côté de Saint-Malo. Lorsqu'on me demande où se trouve Saint-Pair, je réponds en général que c'est presque en Bretagne. Tout est dans ce « presque » : en y repensant, je trouve étrange d'y être si peu allée. C'est seulement en quittant la quatre-voies pour rejoindre Binic que je m'aperçois, en voyant le nom d'un village sur une pancarte, que ma petite sœur a vécu plusieurs années à vingt kilomètres de là.

L'un des mails de Maryvonne était accompagné de deux photos de nous ensemble.

La première date de l'été 1969. Collée dans l'album rouge, j'en ai, sinon un double (mes parents auraient demandé un deuxième tirage ?), du moins une autre prise à quelques secondes d'écart. Je la connais bien, mais je me dis aujourd'hui pour la première fois en l'étudiant dans le détail que nous (enfin, surtout Maryvonne, moi je suis très occupée à rester debout, et à fixer quelque chose sur ma droite, aucune de nous ne regarde l'objectif) avions sans doute posé exprès pour le photographe.

La brunette d'une petite vingtaine d'années, impeccable dans son polo blanc et sa jupe bleu marine, les cheveux courts séparés par une raie bien droite, la mèche légèrement crantée, vient manifestement de se repeigner. Elle n'est pas accroupie, mais agenouillée, attentive, concentrée derrière moi, elle a les yeux baissés et me tient les mains pour m'aider à faire mes premiers pas sur la pelouse de la maison de mon grand-père maternel, à Antibes. Du moins est-ce le rôle historique que joue ce cliché dans l'album rouge : illustrer cette acquisition. Je me dis que cette photo est posée parce que j'ai eu quatre enfants : je sais que lorsqu'on les aide à faire leurs premiers pas, on ne s'agenouille pas derrière eux (ce qui ne serait pas très pratique pour les suivre, s'ils marchent déjà vraiment), et qu'on n'a pas pensé à se repeigner.

La seconde est plus spontanée. Je ne la connaissais pas. Je dirais qu'elle a été prise l'été suivant, en

1970, après la mort d'Éric : nous avons toutes les deux les cheveux légèrement plus longs, j'ai grandi et atteint un âge raisonnable pour une sortie en mer. Nous sommes sur le voilier de mon père, la Manche est toute plate et toute bleue, il fait un grand soleil (nous sommes déjà bronzées), et il y a juste assez de vent pour décoiffer légèrement la mèche crantée de Maryvonne. Je suis debout, elle assise sur le pont. Moi, dos au bastingage, sanglée dans mon gilet de sauvetage orange, je la regarde, qui cette fois lève les yeux vers l'objectif. Elle porte un tee-shirt vert émeraude. Son joli sourire un peu crispé trahit-il une certaine timidité (je suppose que c'est l'un de mes parents qui tient l'appareil), ou de l'anxiété (elle obéit sans doute au photographe mais doit pour cela cesser de me quitter des yeux quelques secondes : on devine que, de sa main gauche, passée derrière moi, elle ne m'a pas lâchée, mais je n'ai que deux ans, je pourrais facilement basculer en arrière entre les filins du bastingage, et j'ai beau porter un gilet de sauvetage, on me trouve depuis quelques mois « terriblement casse-cou » : un accident est si vite arrivé) ? Cette légère gêne (que je projette peut-être) n'affecte en tout cas pas son regard, direct, charmant, intelligent.

Ce qui est certain, c'est que la Maryvonne de mon enfance était brune. La première chose que je lui dis donc, après avoir garé ma voiture devant l'adresse indiquée, en la voyant s'avancer, avec son mari, à ma rencontre, c'est que je ne m'attendais pas à une blonde. Je dégaine mon bouquet dont je mesure maintenant l'absurdité : autour de la maison, le jardin est amoureusement entretenu, et largement en fleurs, ce jour d'août.

Nos embrassades sont émouvantes, pour elle comme pour moi. Elle ne me reconnaît sans doute pas plus que je ne la reconnais, mais nous savons toutes les deux combien nous avons été proches, et cela se sent. Je comprendrai, au fur et à mesure des presque vingt-quatre heures passées en leur compagnie, que c'est important aussi pour son mari (il ne nous quittera pas mais, contrairement à ce que je redoute au début, loin de nuire à nos échanges, sa présence contribuera à les approfondir), qui s'étonnera à plusieurs reprises, spontanément et à voix haute, de « voir enfin Julie », comme si j'étais jusque-là un personnage fictif, haussé par les récits de sa femme à un statut quasi légendaire. Je ne peux m'empêcher de penser qu'il est un peu déçu en voyant apparaître cette quinquagénaire échevelée, sa vieille voiture d'occasion et ses vêtements froissés.

J'ai été reçue comme une reine, mais cela n'a rien à voir avec mon statut quasi légendaire : je suis convaincue que Maryvonne et son mari réservent le même accueil à tous leurs proches.

Nous nous installons dehors face au soleil qui décline très lentement.

Au-delà de la rue déserte qui dessert une rangée de maisons blanches aux toits d'ardoises, le stade est vide lui aussi. Assez vite, nous attaquons l'apéro, côté terre, côté ouest. (Jusqu'à mon départ le lendemain ce sentiment de désorientation, au sens propre, ne me quittera pas : Binic est situé dans une échancrure de la côte ouest de la baie de Saint-Brieuc, au sud de la côte du Goëlo, et le soleil s'y lève sur la mer et s'y couche dans les terres, configuration qui heurte mes habitudes saint-pairaises et que je n'ai connue jusque-là qu'une ou deux fois, en vacances sur la côte est des États-Unis.)

On me demande d'un air espiègle si j'aime « la soupe de fruits rouges », ou quelque chose d'aussi innocent. J'acquiesce avec enthousiasme en supposant qu'il s'agit juste de valider le dessert prévu pour ce soir (j'ai déjà été consultée par mail sur mon goût pour les fruits de mer), mais je devine une intention malicieuse dans la question que me pose le mari de Maryvonne. La « soupe » en question, un cocktail maison pétillant et sucré, va accompagner les longues évocations détaillées, qu'au début j'interromprai à peine, de nos premières années parisiennes à toutes les deux. L'intimité est immédiate.

Le soir, nous restons à table bien après avoir terminé le plateau de coquillages et de crustacés qu'ils ont cuits eux-mêmes et continuons à boire et à parler jusqu'à près de deux heures du matin.

Je pensais reprendre la route le lendemain avant le déjeuner, mais ils ont prévu des coquilles Saint-Jacques pêchées à Erquy, de l'autre côté de la baie sur laquelle je vois se lever le soleil à travers mon grand Velux. Je reste donc. Après le petit-déjeuner, Maryvonne me montre les archives qu'elle a réunies pour moi : quelques photos que je découvre, où je ne figure pas, prises sans doute exprès pour les lui laisser en souvenir (dont l'une, en maillot de bain deux pièces, révèle une très jolie silhouette), la lettre où ma mère lui donne d'excellentes « références », et le mot de félicitations qu'elle lui envoie en réponse à son faire-part de mariage.

Nous avons tous peu dormi, mais notre énergie n'a pas faibli et nous revenons, en dégustant les Saint-Jacques, sur les sujets abordés la veille. Notamment sur la mort d'Éric.

# Binic (2)

*La mère pieds aux étriers, la sage-femme n'avait détourné les yeux qu'une poignée de secondes pour saisir un instrument, micro-laps de temps qu'a choisi le bébé pour se montrer au grand jour en un éclair.*

Les bébés « boulets de canon ». Linternaute.

Il a fallu attendre la fin du dîner. Je n'en avais pas parlé, j'attendais que ça vienne d'elle. Je ne sais plus exactement (nous avions tous déjà pas mal bu) quelle histoire elle a introduite par « Tu sais… ». Je me souviens seulement qu'elle était debout, en train de desservir ou de rapporter sur la table une nouvelle bouteille. Elle s'est immédiatement reprise : « Tu ne sais pas… Si, évidemment tu le sais, que tu as eu un petit frère? » C'était moins une question (même s'il est possible que Maryvonne ait sérieusement envisagé que je ne sois pas au courant de sa brève existence) qu'une précaution oratoire, nécessaire pour qu'elle puisse aborder un sujet dont je suis certaine qu'il était lié à son désir de me revoir autant qu'à mon désir de la revoir. C'est la raison pour laquelle nous nous sommes tous trois couchés si tard.

Le lendemain, c'est son mari qui me relance, et je crois comprendre que, endormis plus tard ou levés plus tôt que moi, ils en ont parlé ensemble. Sa question est directe : est-ce que la mort d'Éric et le peu que j'en sais (c'est-à-dire guère plus, lorsque je leur dirai au revoir cet après-midi-là), je m'en servirai pour écrire ? J'esquive plus ou moins. Je biaise. Je ne sais pas si j'arriverai jamais à faire un livre des compléments d'information qu'ils m'ont donnés. Même aujourd'hui qu'il est presque terminé, que j'y suis « presacrivée », comme disait l'un de mes enfants lorsqu'il s'inquiétait du temps qu'il nous faudrait encore pour sortir enfin de la route des Estuaires, je doute toujours d'en venir à bout.

Qu'ai-je appris de plus, au fond ?

Je connais maintenant le prénom de sa jeune cousine. Je sais qu'elle suivait à Paris une formation pour devenir hôtesse de l'air. Pourvue de nombreux frères et sœurs, elle avait l'expérience des enfants. Maryvonne l'avait recommandée en toute confiance lorsque notre pédiatre, qui venait régulièrement à domicile (c'était l'époque où les médecins de famille se déplaçaient), lui avait diagnostiqué un bouton de fièvre et lui avait conseillé de rentrer se reposer quelques jours dans sa famille, en Bretagne.

Le dimanche 25 janvier, quelqu'un a sonné à leur porte pour prévenir Maryvonne qu'on la demandait au téléphone (il n'y en avait pas chez eux), au café du village. C'était mon père. Avant qu'il ne prononce le nom d'Éric, elle a d'abord redouté qu'il me soit arrivé quelque chose à moi. (C'est un détail, mais la mort d'Éric, dans sa version, n'est, pas plus que dans celle de ma mère, quelque chose qui m'est arrivé à moi.)

Elle est rentrée à Paris, le jour même ou le lendemain. Au bout du quai, gare Montparnasse, l'attendait sa petite cousine, qui n'avait donc pas quitté l'appartement aussi précipitamment que je me l'étais imaginé. Maryvonne se dirigeait vers elle lorsque s'est interposé le frère aîné de mon père, médecin expert en assurance (qu'elle avait peut-être croisé une ou deux fois l'été, à Saint-Pair), frère aîné dont j'ai appris depuis que mon père l'avait appelé au secours le 25 janvier, mais dont je ne sais pas pourquoi on l'avait envoyé l'attendre à la gare. Maryvonne a elle aussi été ensuite interrogée par la police, ainsi que mes parents et ma grand-mère maternelle, qui était tout le temps fourrée chez nous. Elle ne se souvient pas de l'enterrement (sans doute était-elle restée à la maison pour me garder). Quelques jours après, elle est partie avec nous pour Tignes. C'était la première fois qu'elle allait aux sports d'hiver. Le 10 février, l'avalanche de Val-d'Isère nous coupait du monde.

Je savais vaguement que nous étions à Tignes une année où il y avait eu des avalanches. Mais, faute d'avoir jamais relu l'album rouge avec ce genre de questions en tête, je n'avais jamais réalisé que ces vacances avaient suivi immédiatement la mort du bébé. Le récit de Maryvonne transforme cette période en série noire.

C'est mon grand-père maternel, cette fois, qui, ayant eu de nos nouvelles, a téléphoné au café du village breton où habitait sa famille pour les rassurer, leur dire qu'elle allait bien (il y avait tout de même eu trente-neuf morts, c'était une catastrophe nationale).

Il n'y avait pas non plus de téléphone dans notre appartement de location et mon père aussi avait dû appeler mon grand-père d'un lieu public (une cabine de Tignes devant laquelle j'imagine la file d'attente des vacanciers frigorifiés, impatients, jetant des coups d'œil anxieux aux montagnes). Puisque c'est ainsi, me raconte Maryvonne, qu'il a pu dicter deux articles à la rédaction du *Monde*. Ce sont ces deux articles – sans elle je n'en aurais pas eu l'idée – que je suis allée consulter dans les archives en premier, il y a deux ans. J'ai dit plus haut qu'entre le 23 janvier et le 20 février 1970 mon père n'avait pas publié de critiques dramatiques. Mais il a dicté par téléphone deux comptes-rendus, parus les 13 et 14 février, de ce qui se passait dans le massif de la Vanoise. J'admire ce réflexe de journaliste. Je me demande ce que ça a dû lui faire, cette occasion macabre de reprendre la plume, lui qui songeait sans doute déjà (avait-il hâte? peur? les deux?) au moment où il lui faudrait retourner au théâtre et finir son roman.

Le ton de ces articles est sobre, neutre. Le premier s'appelle « Vu de Tignes... », le second « Tignes reste assiégée » et, pris sur le vif, ils complètent les dépêches non signées, probablement reprises telles quelles de l'AFP, publiées cette semaine-là dans *Le Monde*. En remontant un peu plus haut dans les archives, je vois que, la semaine précédant notre arrivée, une coulée de neige avait déjà fait quatre morts à Tignes, et que toutes les pistes de la station avaient été fermées. Autant dire que notre séjour à Tignes ne commençait pas sous des auspices très favorables au ski. J'essaie d'imaginer l'ambiance, dans cet appartement de location à la déco très seventies, avant même que, le jour de l'anniversaire de mon père, l'avalanche ne tue trente-neuf jeunes gens dans la salle à manger de l'UCPA de Val-d'Isère, et j'essaie de l'imaginer après. Ma mère, que j'ai interrogée là-dessus après avoir revu Maryvonne, n'en garde pas un mauvais souvenir. Leurs amis étaient très gais (je confirme, je me souviens d'autres vacances passées ensuite avec eux). Ils s'étaient bien amusés.

De cette ambiance, les articles de mon père ne disent évidemment rien. Dans celui du 13 février, passés trois premiers paragraphes purement informatifs, on lit : « Des réflexes d'exode apparaissent. L'individualisme fait rage, aiguisé par la peur d'être repris au piège... » C'est ténu, mais ici je reconnais un peu sa voix, ses souvenirs du printemps 1940 et son moralisme misanthrope. Je reconnais aussi ce que nous avons vécu à certains moments de la pandémie.

Comme on est au journal *Le Monde*, l'article tire ensuite les leçons de la catastrophe et sermonne les pouvoirs publics, qui ne réglementent pas assez la pratique du ski et n'assurent pas de voies d'accès suffisantes pour éviter le blocage des stations. Mais la personnalité de l'auteur affleure lorsqu'il oppose la désinvolture des skieurs au navigateur amateur « sans doute plus raisonnable, car la mer le trouve seul et montre les dents avant de mordre », ou lorsqu'il ironise sur des Français toujours prêts à se plaindre que leurs voisins soient mieux traités qu'eux (« La semaine dernière à Tignes on se plaignait déjà que les quatre morts du lac aient incité à fermer toutes les pistes, contrairement à Val-d'Isère, où demain ce sera sans doute l'inverse »), agacements qu'ont aussi suscités, pendant les confinements, les différences entre commerces essentiels et non essentiels, ou zones vertes et rouges. Son style est encore plus reconnaissable dans la chute de l'article, à propos de l'insuffisance des routes : « chemins, même fortement élargis, qui datent du temps où seuls chamois et chèvres se disputaient un site de lune. »

Dans le deuxième, il est surtout question de plus petites avalanches qui se sont produites le 12 à Tignes et n'ont fait que des dégâts matériels, mais le ton a un peu changé. Il y est question de « lassitude », de « vague appréhension », d'une « impression d'écrasement », et de « l'incapacité de prévoir la moindre échéance », qui « pèse le plus ».

Je reproduis ces citations sans les coquilles, nombreuses, qui subsistent dans les archives numérisées du *Monde*. Ce n'est pas la qualité de la liaison téléphonique qui est en cause. Il y en a aussi dans les critiques que mon père tapait à la machine et remettait à un coursier. Par exemple, dans son second article sur *L'Infâme*, la pièce est attribuée à un certain « Plancton ».

Maryvonne a assez vite décidé de ne pas rester chez nous. Elle a laissé le temps à ma mère de trouver quelqu'un pour la remplacer. Elle est partie à la fin de cette année 1970. Elle a rencontré son mari, ils ont eu deux fils, ont fini leur carrière en Bretagne. Elle a continué jusqu'à sa retraite à s'occuper de bébés, comme assistante puéricultrice dans des maternités. Elle a envoyé un faire-part de mariage à ma mère, qui lui a fait un cadeau. Et, en deux occasions, elle est revenue incognito sur les lieux de ma petite enfance : elle est retournée une fois au jardin Rodin, à Paris, où elle me promenait tous les jours, et s'est arrêtée une fois devant le portail de ma tante, à Saint-Pair, chez qui mes parents passaient leurs vacances d'été, à son époque.

Sa petite cousine n'a jamais repris sa formation d'hôtesse de l'air. Elle a travaillé toute sa vie pour la Sécurité sociale, à Marseille. Elle n'a eu qu'un enfant. Elles se sont peu revues, chacune (je n'ai pas eu besoin de plus de détails pour le comprendre) passant de son côté sa vie à refaire l'histoire, sans ce bouton de fièvre qui avait renvoyé l'une se reposer en Bretagne, sans cette formation d'hôtesse de l'air qui avait attiré l'autre à Paris, sans ce qui, d'une manière ou d'une autre, a provoqué le traumatisme crânien dont est mort mon petit frère.

Maryvonne, j'ai fini par le comprendre, tard dans cette soirée d'août à Binic, a une théorie. Une hypothèse. Je ne sais pas à quel point elle y croit. Mais elle s'y connaît en bébés, et celui-là pleurait vraiment beaucoup, depuis sa naissance. La chambre verte était juste au-dessus du bureau où mon père écrivait ses articles, finissait peut-être son roman. Elle avait tout le temps peur que ces pleurs le dérangent. Il pleurait tant, depuis sa naissance, que Maryvonne a envisagé une cause, à sa mort, qui dissout presque entièrement le sentiment de culpabilité que tout l'entourage du petit Éric (moi comprise) a pu ressentir. Appelons cela la théorie du « boulet de canon ».

Lors de certains accouchements, quelle qu'ait été leur durée, « l'expulsion », comme on dit en obstétrique, se produit à une rapidité telle que l'enfant est projeté hors du ventre maternel et que la sage-femme ou le médecin doit avoir d'assez bons réflexes pour l'attraper au vol. C'est rare, mais ça existe. Et si personne ne réagit à temps (Maryvonne convient très honnêtement qu'en quarante ans d'expérience elle n'a jamais vu ce cas se produire), l'enfant peut, théoriquement, tomber et se cogner (contre les pieds de la table d'accouchement, par exemple).

J'ai posé depuis la question à deux amies gynécologues qui ont elles-mêmes pratiqué des centaines d'accouchements, et qui m'ont rapidement convaincue que cette explication ne tenait pas la route. À supposer qu'un tel accident arrive (ce dont elles doutaient toutes les deux) et provoque un traumatisme crânien, l'enfant n'en mourrait pas deux mois plus tard.

Reste que certains bébés pleurent plus que d'autres. Et comme je fais absolument confiance au témoignage de Maryvonne, je me dis que ce sont peut-être ces pleurs incessants qui expliquent indirectement la mort d'Éric.

Ce n'est qu'un an plus tard, en 1971, qu'un neurochirurgien pédiatrique anglais, Norman

Guthkelch, publie dans le *British Medical Journal* un article faisant le lien entre les lésions cérébrales observées chez un très jeune enfant (la plupart des cas concernent des nourrissons de deux à quatre mois) et le fait qu'ils aient été secoués avec violence. Et il faut attendre 1974 pour qu'un pédiatre américain, John Caffey, dans la revue *Pediatrics*, parle pour la première fois du syndrome du bébé secoué (en anglais : *Whiplash Shaken Infant Syndrome*). Autrement dit, une très jeune baby-sitter, épuisée, à bout de nerfs, pouvait, en janvier 1970, secouer vigoureusement un bébé pour l'empêcher de pleurer sans avoir nullement conscience du risque qu'elle lui faisait courir. Il est donc possible que la jeune cousine de Maryvonne ait dit la vérité à la police, qu'elle n'ait jamais laissé tomber Éric ou heurté sa tête contre un meuble, qu'il n'y ait pas eu d'accident.

Lorsque j'ai quitté Binic le jeudi, après le déjeuner, je savais déjà que mon enquête ne donnerait rien de plus. Mais j'avais glané, au fil des confidences de Maryvonne, toutes sortes d'anecdotes qui rendaient à ces années-là leurs couleurs, leur lumière, expliquaient l'espèce de culte qu'on leur vouait dans sa famille, et que même son mari soit manifestement si curieux de faire ma connaissance. Plus encore que les photos collées dans l'album rouge, ses souvenirs me permettent de me réconcilier avec la version officielle de mon enfance qui veut que rien ne l'ait assombrie.

## Post-soixante-huitarde

*Pourquoi arrêterait-on le théâtre dès que l'histoire bouge ?*

Jean Vilar

Je suis née le 2 juin 1968. Mes parents habitaient alors à Paris le huitième étage d'un immeuble « moderne » (c'est-à-dire différent de ceux où ils avaient grandi) rue Vaneau, à trois stations de métro des barricades, et mai 1968, dans les récits que m'en faisait ma mère, s'est longtemps résumé pour moi à l'ascenseur hors service, à la nécessité de grimper ses huit étages à pied pendant son dernier mois de grossesse, de conserver un bidon d'essence pour aller à la maternité, et à son impression, pour le reste, de n'avoir pas vu grand-chose.

Elle n'avait pas encore trente ans. Elle était, par son relatif jeune âge, ses convictions politiques et sa culture personnelle, du côté des étudiants et des grévistes. Elle aurait sûrement fait un tour au Quartier latin si elle n'avait pas été enceinte. Lorsque, toute jeune, je l'interrogeais sur les conséquences de cette révolution (que j'avais tendance à mettre sur le même plan que celle de 1789), elle me décevait un peu en les résumant, plus ou moins, à la possibilité de porter des jeans en toute occasion – avancée dont je suis pourtant la première à me réjouir.

Mon père, lui, est allé au Quartier latin. Il avait presque quarante ans et, même si ses convictions politiques et sa culture personnelle le rangeaient a priori aussi du côté des manifestants, il se trouve que c'est essentiellement au Théâtre de l'Odéon (il était déjà critique dramatique) qu'il s'est fait une opinion, et donc sur un point très précis des « événements ». Il l'a plusieurs fois raconté dans ses romans : voir Jean-Louis Barrault chahuté par de jeunes bourgeois privilégiés de la rive gauche, ça ne lui avait pas plu. Il n'est pas l'auteur des deux articles consacrés par *Le Monde* à l'occupation du théâtre et à un meeting, le lendemain. Certains de ceux qu'il publie, ce printemps-là, traduisent bien son inconfort (du moins est-ce ainsi que je comprends leurs contradictions).

Le 26 avril (on s'agite déjà beaucoup à Nanterre), sous le titre « Que demande le peuple ? », il dresse un bilan plutôt amer et découragé de l'état du théâtre subventionné en France, et ne croit pas à la démocratisation des spectacles d'avant-garde

(« Que demande le peuple, au juste ? Sûrement pas qu'on le regarde sans rien dire et qu'on lui crache au visage, comme le Living Theatre s'y risque à titre d'expérience avec son public de professionnels et de snobs. ») Le 27 avril, il se compte sans doute parmi ces derniers, lorsqu'il écrit (pour la descendre) d'une création au Théâtre Moderne : « Le Living Theatre a traduit si exactement et si brillamment les doutes des jeunes comédiens occidentaux que, dès sa découverte il y a deux ans, et même avant, on pouvait lui prédire beaucoup d'imitateurs. Il en a eu pas mal, en effet, mais jamais d'aussi serviles et maladroits que ce soir. » Le 6 mai, sa critique de la reprise de *Fin de partie* (la première a eu lieu le 29 avril), à l'Odéon justement, commence ainsi : « Au théâtre aussi l'histoire s'accélère. » Veut-il juste dire (comme la suite l'explicite) qu'en seulement dix ans Beckett est devenu un classique, ou a-t-il des arrière-pensées ?

Lorsque je suis née, ça s'est vite calmé. Les accords de Grenelle le 27 mai, la grosse manif gaulliste le 30 : un mois, les morts d'un lycéen et de deux ouvriers et une écrasante victoire de l'UDR plus tard, nous sommes partis pour Saint-Pair, par l'ancienne route naturellement. Nous emmenions une jeune fille au pair allemande, tout récemment recrutée, et devions séjourner chez une sœur de mon père qui nous prêtait la « petite maison », au bout de son jardin.

Mon père n'est pas resté très longtemps. Le 5 juillet, il se fend d'un article qui traque rétrospectivement, dans la dernière saison théâtrale, les signes avant-coureurs de cette éphémère révolution. Puis il se résigne à partir en vacances en famille, mais je suppose qu'il piaffe à l'idée que le festival d'Avignon est maintenu, même si à peu près tous les spectacles prévus sont annulés, faute d'avoir pu être répétés à temps. Dès que ça commence à barder, là-bas (le 18 juillet, le préfet du Vaucluse interdit *La Paillasse aux seins nus*), il laisse ma mère, la fille au pair allemande et moi aux soins (experts, heureusement : elle avait elle-même six enfants) de ma tante et se précipite (façon de parler, il devait falloir deux jours pour y arriver, de Saint-Pair) là où ça se passe.

Les 23 et 24 juillet, il assiste à la dernière répétition, puis à la première chaotique de *Paradise Now* par le Living Theatre. On le sent moyennement convaincu par le spectacle (« Entre ces généralités idéologiques et ces amorces de débat précis, avec les convulsions diverses qui les ponctuent, il devrait y avoir matière à discussion en scène, à libre expression. Or rien de tel ne s'est passé spontanément, ni mardi à la dernière répétition ni à la première publique de mercredi. Beaucoup d'Avignonnais et de comédiens professionnels n'ont pas attendu les longues gymnastiques silencieuses du final pour s'éclipser avec plus d'ennui que d'indignation. ») Et il s'apitoie sur Vilar, bouc émissaire facile de la contestation, qui répond « d'un sourire éperdu aux accusations de répression policière et de fascisme, aux insultes, aux quolibets obscènes » avant de conclure : « On aurait préféré ne pas vérifier avec lui cette nuit à quel point les fils tuent vilainement leur père quand ils lui doivent trop. » Le 27 juillet, il publie deux articles (tous, j'imagine, dictés par téléphone, comme dix-huit mois plus tard de Tignes). Dans l'un, il relate les démêlés entre la troupe du Living Theatre et la municipalité gaulliste qui cherche à censurer *Paradise Now*, mais on le sent vite irrité par un « climat irréel de grabuge et d'intoxication ». Il regrette que « la jeunesse révolutionnaire de mai refuse tout dialogue avec le système », et finit sur un jeu de mots un peu facile, un peu *Libé* : « Le pont d'Avignon est coupé. » Dans le même numéro du *Monde*, son interview donne longuement la parole à Vilar, qui se demande s'il ne faut pas « tout recommencer par (sa) banlieue ». Vilar qui fera un premier infarctus dans la foulée et mourra trois ans plus tard.

Je ne sais pas lequel de ces articles a mis le feu aux poudres, à l'autre bout de la France, mais ce qui est sûr, c'est que la jeune fille au pair allemande coincée avec nous à Saint-Pair connaissait assez de français pour lire *Le Monde*, et qu'elle devait être une fan du Living Theatre. Elle a expliqué à ma mère qu'elle ne pouvait pas rester un jour de plus dans une famille aussi réactionnaire, et s'est à son tour, semble-t-il, précipitée à Avignon. Heureusement que ma tante avait l'habitude et le goût des grandes tablées, et des nourrissons.

Sans ces soubresauts estivaux de mai 1968 en Provence, Maryvonne ne serait pas entrée en scène.

## Maryvonne

*J'ai noué mon foulard autour de ma tête pour me donner le temps de réfléchir. Un automobiliste a klaxonné derrière moi. J'ai fait un geste de la main pour dire au diable à lui et à moi-même, et je suis allée vers le sud.*

Sébastien Japrisot

Elle avait une toute petite vingtaine d'années et n'avait pas dû lancer beaucoup de pavés, ce printemps-là. Descendue loin de sa Bretagne, sur la côte ouest (du côté d'Arcachon je crois), elle travaillait comme nurse dans une maternité. Elle aimait son travail mais elle n'était jamais allée à Paris. Quelqu'un lui a parlé d'une agence de placement parisienne, « Nurse service » ou quelque chose comme ça. Elle s'y est inscrite. Lorsque l'agence lui a téléphoné fin juillet pour lui dire qu'une famille avait un besoin urgent de recruter quelqu'un pour s'occuper d'une fillette de deux mois, d'abord à Saint-Pair, puis dans le Midi, et enfin, durablement, à Paris, elle a pris le train, et c'est dans les bureaux de l'agence parisienne qu'elle a eu son premier contact, téléphonique, avec ma mère.

J'essaie d'imaginer l'arrivée de Maryvonne à Paris : août, la gare provisoire installée à la place de l'ancienne gare du Maine, le quartier de Montparnasse, chantier béant, la ville déserte, le trajet (en métro ? en bus ?) jusqu'à l'agence de placement, probablement située rive droite. A-t-elle laissé sa valise dans une consigne ? Est-elle soulagée à l'idée que son nouvel emploi, si elle le décroche, va d'abord la rapprocher de chez elle, qu'elle aura la fin de l'été pour se familiariser avec nous avant de découvrir vraiment la capitale ?

Avant de passer ce coup de fil (y avait-il déjà le téléphone, à Saint-Pair, chez ma tante ? ou ma mère était-elle allée à la poste du village ?), la responsable de l'agence a expliqué à Maryvonne les motifs de cette urgence et s'est assurée qu'elle ne désapprouverait pas la ligne éditoriale du *Monde*. Elle s'est esclaffée et a promis qu'elle n'abandonnerait pas son poste, quoi que mon père écrive dans ce journal. Je n'ai pas la moindre idée du degré de notoriété de mon père à cette époque, mais je suppose que l'agence avait bien compris que mes parents étaient des « intellectuels », peut-être même des

« intellectuels de gauche », pas forcément sa clientèle habituelle.

Maryvonne reprend le train, pour Granville cette fois, où ma mère est venue l'attendre à la gare, me laissant sans doute aux mains expertes de ma tante. J'ai des photos de ma mère, cet été-là, le jour de mon baptême à l'église de Saint-Pair. Elle porte un chignon, une robe blanche, des chaussures et un sac de ville. Je me demande si, pour aller à la gare de Granville chercher Maryvonne, elle s'est habillée plus simplement – Maryvonne qui, bien sûr, la vouvoie et l'appelle « Madame », même si elles n'ont que quelques années de différence. Arrivée dans la « petite maison », elle me donne pour la première fois le biberon et se montre sans doute plus expérimentée que l'Allemande : elle se rappelle le soulagement admiratif de ma mère, qu'elle juge excessif (c'est son boulot, après tout, de s'occuper d'un nourrisson, elle a été formée à ça).

En l'écoutant me raconter ses souvenirs, cinquante-deux ans plus tard, à Binic, je pense aux héroïnes des romans de Japrisot : ces jolies jeunes femmes des années 1960, apparemment soumises mais intrépides, occupant des emplois modestes mais capables, d'un coup de volant, de prendre la route sans trop savoir où elles vont et de changer de vie – comme Dany Longo dans *La Dame dans l'auto avec des lunettes et un fusil*. Ce titre me fascinait déjà bien avant de lire le roman, d'abord parce qu'il est fascinant, ensuite parce que c'était son adaptation cinématographique (la première, avec Samantha Eggar) qu'on avait projetée dans l'avion la seule fois où ma mère est allée à New York, seule fois aux États-Unis tout court, avec mon père, l'été de mes trois ans je crois, voyage sur lequel je lui ai demandé beaucoup de détails sûrement, mais dont seul celui-là m'est resté (avec le souvenir d'elle à sa descente d'avion, en saharienne beige).

Comme Dany Longo, Maryvonne a aussi, cet été-là, après les rues désertes de la capitale et une petite station balnéaire normande qui l'a sans doute peu dépaysée, découvert la Méditerranée : jusqu'à sa mort en 1976, nous passions toujours une semaine ou deux en août chez mon grand-père, à Antibes (c'est là que, un an plus tard, nous poserions toutes les deux pour immortaliser mes premiers pas). Entre Saint-Pair et Antibes, nous sommes tous repassés par Paris (mon père avait fini par nous rejoindre à Saint-Pair : on le voit sur une des photos de mon baptême, en costume cravate, au volant d'une voiture crème qui était probablement la nôtre et à bord de laquelle nous sommes donc rentrés à Paris courant août).

Ce que me raconte Maryvonne de cette brève étape me fait brutalement reculer dans un temps que j'ai pourtant connu mais qui semble si décalé : tous les bourgeois parisiens avaient une voiture, à cette époque, et s'en servaient couramment pour accompagner ou aller chercher leurs proches à la gare. Il était naturel de se rendre ce genre de services et lorsque mes parents, Maryvonne et moi sommes ensuite allés prendre un train de nuit pour Antibes, c'est un ami de la famille qui s'est chargé de nous conduire gare de Lyon.

Pas n'importe quel ami, choisi au hasard ou parce qu'il était le seul à se trouver à Paris, en plein mois d'août, mais un ami breton.

Quatorze ans plus tard, ma mère, recevant dans le cadre d'un échange linguistique un correspondant autrichien avec qui je devais passer l'été, en France puis en Autriche, s'était assurée de la présence de l'amie allemande qui nous avait mis en relation, pour qu'il puisse, en débarquant gare de l'Est (où nous étions allées le chercher en voiture), atténuer son mal du pays en parlant avec une germanophone. Aujourd'hui, les Parisiens vont aussi chercher le correspondant étranger de leur enfant, mais à l'aéroport, en RER, et ils ne se soucient pas une seconde d'amener avec eux quelqu'un qui parle sa langue. Il sera de toute façon vissé à son smartphone et le lien, linguistique ou autre, ne sera jamais rompu (quels que soient ses progrès en français par ailleurs).

En 1968, mes parents avaient eu cette attention, normale à leurs yeux, de réquisitionner un ami avec qui Maryvonne pourrait échanger en breton, ce qu'ils ont fait joyeusement tout le temps qu'il a fallu pour offrir un café ou un verre à l'ami breton, charger la voiture, et arriver à la gare. J'ai connu l'ami morlaisien en question, un séducteur impénitent mais très gentleman, alors âgé d'une petite cinquantaine d'années. Mes parents se doutaient qu'il n'hésiterait pas une seconde à venir réconforter une jeune compatriote, et elle est tombée sous son charme.

À Antibes, elle est tombée sous celui, très différent, plus austère, plus protestant, de mon grand-père maternel. Ma grand-mère maternelle, qui était indubitablement la star, dans le couple qu'elle ne formait plus avec lui (ils s'étaient séparés à la fin des années 1940), est curieusement absente des récits de Maryvonne. L'autre jeune fille au pair, l'Américaine qu'un de mes romans m'avait permis de retrouver sept ans plus tôt, m'avait elle aussi davantage parlé de lui que de ma grand-mère. J'en déduis (je les ai tous les deux assez bien connus) que ma grand-mère (qui passait pourtant beaucoup plus de temps chez nous) devait être plus distante, plus indifférente, plus cassante avec les nurses. Mon grand-père les a conquises sans le vouloir, par sa gentillesse, son amour pour ma mère, l'attendrissement que je lui inspirais. C'est lui qui, dix-huit mois plus tard, après les avalanches, téléphonera au café du village breton de Maryvonne pour rassurer sa famille.

Ces derniers jours d'août 1968 à Antibes (il y en a de très jolies photos, dans l'album rouge : ma mère de profil, ravissante sous son large chapeau de paille, moi dans un couffin assorti) précisent la ressemblance que j'imagine avec un roman de Japrisot : Dany Longo retrouve sa Thunderbird garée le long de la plage de Cassis, les narratrices de *Piège pour Cendrillon* prennent un bain de soleil au bord d'une piscine, dans une villa de La Ciotat et, comme elles, Maryvonne fait pour la première fois de sa vie l'expérience du luxe et du Sud : les cigales, les citronniers, les maillots deux pièces aux imprimés géométriques, le pinceau du phare de la Garoupe balayant le jardin de mon grand-père, l'argent et le soleil. Rien de tout cela ne lui tourne la tête, mais elle apprécie. (Un ou deux ans plus tard, un petit ami qui travaille par hasard pour l'entreprise que dirige mon grand-père aura le culot de téléphoner à Antibes sous prétexte de la joindre et en profitera au passage pour glisser au patron qu'il est son employé : Maryvonne le larguera aussitôt.)

À Paris, en septembre, elle a un studio indépendant au premier étage de l'immeuble moderne où nous habitons encore (l'ascenseur remarche). Son père est mort lorsqu'elle était enfant, et le mien se sent responsable d'elle comme d'une fille aînée qu'il serait presque en âge d'avoir. Elle sait qu'elle peut compter sur lui. Elle profite tranquillement de ses moments de liberté pour fréquenter la mission bretonne. Installée dans le quinzième arrondissement, l'association, catholique, a été créée à la fin du siècle précédent pour aider les immigrés bretons à éviter les pièges de la capitale (les proxénètes, par exemple, qui risqueraient de s'attaquer aux employées de maison et de les mettre sur le trottoir).

Quand Maryvonne arrive à Paris, à l'automne 1968, la mission a chargé le père Le Quemener de s'occuper plus particulièrement des jeunes, et il sait y faire : le week-end (je suppose que Maryvonne avait droit à un congé hebdomadaire), la mission organise un premier bal musette le samedi soir, et un après-midi dansant encore plus fréquenté le dimanche. Le petit historique publié sur le site de l'association précise qu'il y a en moyenne deux cent cinquante danseurs le samedi (le bal musette est qualifié par ledit historique de « somme toute plutôt sympathique ») et sept cent cinquante le lendemain. Le dimanche soir, la mission propose soit une pièce de théâtre montée par les adhérents, soit des variétés, soit du cinéma.

Tout cela est bien sûr agrémenté de « quelques minutes de réflexion sur l'évangile du dimanche » le samedi soir, après la guinche, et d'une messe le dimanche à 18 h, mais à laquelle seule une centaine de personnes participe. « Quelques minutes » de réflexions religieuses et une messe où ne sont restés qu'un septième des habitués du bal : on sent bien que la mission bretonne n'est pas passée à côté des *swinging sixties* (il est écrit sur son site qu'elle est « ouverte à tous, croyants ou incroyants ») et qu'elle a compris comment retenir ses ouailles – ce qui cadre bien avec l'absence de toute allusion au catholicisme dans la conversation et la maison de Maryvonne à Binic.

Là, on n'est plus du tout chez Japrisot, mais plutôt chez le Truffaut d'*Antoine et Colette*, où les concerts des Jeunesses musicales de France permettent, sous prétexte de mélomanie, aux jeunes gens bien élevés de flirter. Quoique. Dans les années où Maryvonne la fréquente, un « vent de contestation ou de remise en cause » (dixit toujours le site de la mission bretonne) souffle là aussi. La revendication de l'identité bretonne, jusque dans l'ajout, au nom de l'association, de sa traduction en breton, est au cœur de ces changements.

Si on aime s'occuper de très jeunes enfants, la vie de Maryvonne, pendant une quinzaine de mois, est plutôt désirable (à l'entendre, en tout cas). Elle est exclusivement là pour moi (n'a pas de tâches ménagères autres). Elle joue avec moi dans ma chambre ou sur le balcon de l'appartement (sans faire trop de bruit : mon père travaille à la maison), me promène au jardin Rodin tout proche, monte au huitième étage me garder les soirs où mes parents vont au théâtre, sort surtout le week-end (mes parents sont plutôt casaniers). Elle nous suit en vacances, à Antibes ou à Saint-Pair. Elle ne fréquente pas que la mission bretonne. Elle a du succès avec les garçons, qui l'emmènent aussi au cinéma à l'Odéon (de préférence dans une salle dont l'exploitant est breton), ou en boîte de nuit.

Elle est là depuis six mois lorsque ma mère tombe de nouveau enceinte. À la fin de l'été 1969, nous quittons tous l'immeuble moderne de la rue Vaneau et nous installons aux derniers étages d'un ancien hôtel particulier très vétuste, où la déco de ma mère injecte une touche contemporaine : en plus d'y réinstaller les meubles 1960 choisis quelques années plus tôt en accord avec la « modernité » de notre huitième étage, elle y fait poser une moquette imprimée de carrés beiges et gris et peindre toutes les huisseries de laques brillantes et colorées. Maryvonne n'a plus tout à fait la même indépendance que dans son studio : elle dort à l'étage avec moi, et doit forcément traverser une partie de l'appartement (ne serait-ce que pour descendre à l'étage inférieur, où elle peut s'éclipser par l'escalier de service) lorsqu'elle sort. Mais cela fait un an qu'elle est à Paris, mes parents sont sûrement moins inquiets pour elle. À la naissance du bébé, elle a plus de travail, des journées et des nuits plus fatigantes. Si elle n'avait pas eu de bouton de fièvre en janvier, elle serait peut-être restée encore quelques années, le temps qu'Éric soit en âge d'aller à l'école.

## L'album rouge (2)

*On est presacrivés ?*

Mon deuxième fils

À la naissance de mon premier enfant (le fils que j'attendais en août 1992, la seule fois où j'ai interrogé mon père sur la mort d'Éric), ma mère m'a offert un album relié de cuir, d'un rouge beaucoup plus foncé que celui dans lequel elle avait consigné mes progrès, collé mes dessins de bolommes, mis en page des photos qu'elle glissait soigneusement dans quatre coins autocollants préalablement disposés pour les y recevoir. Je dirais que le mien est vermillon, et celui de mon fils bordeaux. J'ai consacré à la constitution de cette archive un temps et une attention négligeables, par comparaison avec ma mère. J'y ai écrit très peu de choses, mais j'y ai collé à mon tour pas mal de photos (à la va-vite, au stic UHU).

Il y a une quinzaine de jours, des proches de ce fils aîné m'ont demandé des photos de lui petit. J'ai retrouvé l'album bordeaux au fond d'un placard, dans la partie basse d'une bibliothèque ancienne dont les portes s'ouvrent difficilement, sous une pile d'autres albums (consacrés avec un zèle décroissant à ses cadets). J'ai sélectionné mes préférées, de deux mois à dix ans, que j'ai photographiées avec mon téléphone pour les leur envoyer.

La dernière date de l'été 2002, et c'est moi qui l'ai prise, à Saint-Pair (je n'ai jamais possédé longtemps d'appareil, et j'ai complètement oublié comment je m'en étais procuré un et où j'ai fait développer la pellicule). On y voit mon fils aîné, en maillot de bain de surfeur hawaïen turquoise et tee-shirt blanc, et il pose devant la mer, sa petite sœur de vingt et un mois (impeccablement coiffée, en robe d'été vieux rose) dans les bras.

J'ai pris cette photo (et d'autres de mes enfants) ce jour-là pour pouvoir les apporter en rentrant à Paris à mon père, hospitalisé depuis début juillet. Il n'était plus en réanimation, le risque qu'il meure semblait écarté, mais il avait subi une lourde opération et la panique des premières semaines avait cédé la place à une angoisse diffuse, permanente, qu'attestent le regard et le sourire crispés de mon fils aîné, sur cette photo. J'avais eu toutes les peines du monde à les convaincre, lui et son frère de sept ans, de se prêter à cette séance de pose. Ils font la gueule sur toutes celles que j'ai gardées. (Lorsque je suis retournée le voir à Paris, mon père a refusé de les exposer dans sa chambre d'hôpital, c'est tout juste s'il a consenti à y jeter un coup d'œil, me les a rendues d'une main tremblante : j'ai compris que, pour lui, accepter la compagnie de ces portraits, ce serait renoncer à en revoir jamais les sujets.)

La seule qui ne boude pas, c'est ma fille. Elle ne sourit pas non plus (pas son genre). Mais en tombant, il y a deux semaines, dans l'album bordeaux, sur son petit visage sérieux, pressé contre la joue de son aîné, je constate que j'ai tendance, comme les témoins de ma petite enfance lorsque je les interroge sur mes réactions à la mort d'Éric, à considérer que rien de ce qui nous est arrivé cette année-là (son grand-père paternel était mort en janvier) ne lui est arrivé à elle, que son jeune âge la protégeait, comme il était censé m'avoir protégée.

C'est faux, bien sûr. Elle s'est réveillée un matin de juillet dans un appartement où régnait un désordre inhabituel, après une nuit que nous avions passée, la dernière compagne de mon père et moi, sans dormir, à attendre des nouvelles de l'opération, pratiquée en urgence à deux heures du matin. Elle a vu débarquer à l'improviste des membres de la famille hébergés dans la précipitation. Elle était là lorsque je revenais de mes visites, minutées, en service de réanimation, au chevet de mon père plongé dans le coma. Sur cette photo, elle semble perplexe, étonnée d'avoir été si soigneusement coiffée, de devoir grimper dans les bras de son frère et tenir la pose, dos à la mer. Ça lui est arrivé aussi à elle.

Mais si elle m'interrogeait aujourd'hui sur ce qu'elle ressentait, exprimait, vivait ces semaines-là, je lui répondrais sans doute qu'elle manifestait la même insouciance que celle qu'on me prête, à vingt mois (où étais-je lorsqu'ont été remisés le berceau, la table à langer, la layette du bébé ? qu'ai-je dit en découvrant que la chambre verte était vide ?). Je nierais innocemment, je ne me rappellerais que le réconfort que me procurait alors cette fiction qu'une fillette de vingt mois est inapte à partager la peine de ses parents. Fiction qui autorise à sourire lorsqu'on s'occupe d'elle, à voir dans ses silences la preuve qu'elle ne comprend rien (et pas qu'elle nous ménage).

Cette photo m'a fait changer d'avis. Il est possible que je n'aie rien dit, moi non plus, et il est surtout naturel que personne – ni ma mère ni Maryvonne – ne se souvienne de signes qui auraient pu les détromper. Cette fillette en robe vieux rose, comme celle qu'on allonge dans un lit superposé, sous une couverture orange vif, et qui attrape les oreillons (alors qu'au même moment des sauveteurs cherchent des corps dans la salle à manger de l'UCPA de Val-d'Isère), est un témoin sans mémoire, et aucune enquête ne la lui rendra.

Saint-Pair, 18 décembre 2022

## *Post-scriptum*

Depuis que je publie, ma mère est toujours ma deuxième lectrice (après mon éditeur). Elle est une des rares personnes à qui je me confie lorsque je suis en train d'écrire (même si mes confidences sont toujours sommaires et me permettent juste de faire le point, ce que les confidents aussi professionnels que ma mère savent et encouragent sans en demander plus).

Ce livre est le premier dont je ne lui avais à peu près rien dit (à quoi bon, tant que je n'étais pas sûre d'arriver à le finir ?) avant de le lui donner à lire. Je ne lui avais pas parlé de mes retrouvailles avec Maryvonne.

Elle a peu, ni plus ni moins que d'habitude, annoté mon manuscrit – ses annotations sont toujours très discrètes, au crayon à papier, au cas où je voudrais que cet exemplaire imprimé serve à d'autres.

Elle m'a fait corriger quelques erreurs ponctuelles.

En avril 2022, sous prétexte de lui raconter ma rencontre avec un historien américain, auteur d'un récit sur la mort accidentelle de son fils, je l'avais questionnée sur notre séjour à la « tagne à Tignes », en février 1970, dont je connaissais déjà la version cauchemardesque livrée par Maryvonne. Transcrivant fidèlement les réponses de ma mère, je dis dans le livre de cette semaine aux sports d'hiver qu'elle « n'en garde pas un mauvais souvenir », que « leurs amis étaient très gais » et qu'ils s'étaient « bien amusés ». En lisant mon manuscrit, elle a souligné « s'étaient bien amusés » et ajouté un point d'exclamation dans la marge.

Commentant ses annotations en me le rendant, elle m'a enfin, en quelques mots simples et évocateurs, révélé sur ces vacances la vérité que je devinais (que n'importe qui devinerait).

Les raisons du silence ou du déni qu'elle m'a opposés jusqu'à aujourd'hui, j'aurais pu, j'aurais dû les comprendre, étant, comme elle, de ces mères qui n'ont pas envie de montrer leurs souffrances à leurs enfants, même lorsque ces enfants sont devenus assez vieux pour porter, sur les drames que leurs parents ont vécus à trente ans, un regard maternel.

Paris, 28 décembre 2022

# Table

Achevé d'imprimer en février 2023
par CPI Firmin-Didot
N° d'éditeur : 2785
N° d'édition : 593397
N° d'imprimeur : 173885
Dépôt légal : février 2023

*Imprimé en France*